Walter Uekermann · Sportschau

AF281612

Walter Uekermann

Sportschau

© 2005 Walter Uekerman
Satz und Layout: Buch&media GmbH, München
Umschlaggestaltung: Kay Fretwurst, Spreeau
Herstellung und Verlag: Books on Demand GmbH, Norderstedt
Printed in Germany
ISBN 3-8334-2325-0

Inhalt

1.

In der ersten Reihe

Es gibt sie wieder: die »Sportschau«, die zu meiner Jugend wie die erste Zigarette und die erste Freundin gehörte, nur dass ich ihr mehr Zeit gewidmet habe als dem Rauchen oder Küssen, was vermutlich damit zu tun hat, dass beides gleichzeitig schwierig ist, während sich die »Sportschau« mit jeder Art anderer Aktivitäten kombinieren ließ. Später wurde der Fußball erst von RTL und dann von SAT.1 gestohlen. Trotz größeren technischen Aufwandes kamen die Sendungen nie an die Qualität des Originals heran. Wer weiß heute, wer Uli Potowski war? Manchmal sieht man ihn noch mit einem Kurzbeitrag. Damals hielt er sich für einen Gott. Günther Jauch hat rechtzeitig den Absprung in die Welt des Quiz geschafft. Alles Eintagsfliegen, zu denen sich auch Jörg Wontorra gesellt, den man jetzt im DSF beim Smalltalk am Sonntagmorgen sehen und ab und zu ein Champions-League-Spiel bei SAT.1 kommentieren hören kann. Spätestens seit seinen läppischen Anmerkungen im Vorprogramm zu »Sex and the City«, unterlegt mit einem dümmlichen Dauergrinsen, dessen Adressat seine Lebensabschnittsgefährtin war, steht fest, dass der gute Jörg das intellektuelle Mindestniveau, das ich auch von Sportreportern erwarte, nicht mehr bringt. Das kommt davon, wenn man sich mit den Privaten einlässt!

»Sportschau« war öffentlich-rechtliches Fernsehen, nicht irgend so ein beknackter Privatsender, bei dem dir die Lust am Zuschauen durch die vielen Werbeblöcke vergeht, und zur »Sportschau« gehörte Ernst Huberty. Er hat die Sendung zwei Jahrzehnte lang

gemacht, bis er wegen angeblich undurchsichtiger
Spesenabrechnungen zu WDR 3 abgeschoben wurde.
Die Welt der Medien kennt keine Dankbarkeit, da
unterscheiden sich die durch Reklame und die durch
unsere Gebühren finanzierten Sender nicht. Dabei
war Huberty ein Gigant. Adi Furler und Dieter Adler waren auch lange dabei, konnten aber in puncto
Charme und Witz nicht mit ihm konkurrieren. Nur
Harry Valerien von der Konkurrenz ZDF reichte an
ihn heran. Mit seinem bayerischen Akzent war es für
ihn allerdings schwierig, Kompetenz außerhalb alpiner Sportarten für sich in Anspruch zu nehmen. Außerdem kam das »Aktuelle Sportstudio« zu spät, zu
der Zeit versuchte ich längst, in einem verrauchten
Partykeller zu »Petite Fleur« einen Kuss an die Frau zu
bringen. Zum »Sportstudio« fand ich erst als Student,
als man seine Feten an jedem Abend der Woche feiern und sich deswegen den Samstagabend frei halten
konnte, und bin ihm bis heute treu geblieben. Beim
ZDF machte man nicht den Fehler, einen erfolgrei-
chen Markenartikel zu ändern: immer dieselbe Uhr,
das Schießen auf die Torwand und vor allen Dingen
die gleiche Eingangsmelodie. Dagegen hat bei der
»Sportschau« die Musik so oft gewechselt, dass ich
heute nicht mehr weiß, welchen Hit sie dem Origi-
nal unterlegt hatten. Allerdings fängt das Zweite just
zum Zeitpunkt der Renaissance der »Sportschau« an,
die eigene Sendung durch Verschieben nach hinten
zu untergraben. Was ich einem Thomas Gottschalk
nachsehe, bin ich bei dem stumpfsinnigen Aufeinan-
derprallen zweier unattraktiver Männer nicht gewillt
hinzunehmen, zumal beim Boxen mehr geklammert
als geschlagen wird. Allerdings wendet auch das Erste
zunehmend Sendezeit für den Faustkampf auf, offenbar in der Angst, einen Trend zu verpassen, den

bisher nur die Fernsehredakteure entdeckt zu haben scheinen.

Im »Sportstudio« gucke ich den dritten Aufguss der Spiele vom Nachmittag. Live habe ich sie bei Premiere gesehen, natürlich nicht die langweilige Konferenzschaltung, die es an Spannung und Unterhaltung keineswegs mit der Konkurrenz im Rundfunk aufnehmen kann. Ich betrachte am Samstagnachmittag immer nur ein Spiel und höre dazu Radio. Besonders witzig wird es, wenn Rundfunk und Fernsehen aus dem gleichen Stadion berichten. Die Hörfunkreporter sind um Sekunden schneller als ihre TV-Kollegen. Das hängt vermutlich mit physikalischen Besonderheiten des Kabelfernsehens zusammen, aber ich halte es für symbolisch, dass die Nachfolger von Herbert Zimmermann den Journalisten von Premiere immer um eine Nasenlänge voraus sind.

Gestört hat mich auch, dass die Bundesligasendung oft von einer Dame moderiert wurde, die zu Fußball passte wie die Faust aufs Auge. Spätestens seit »Schalke 05« weiß ohnehin jeder, dass die Weiber »vom Runden ins Eckige« einfach nichts verstehen. Meine Frau meint, dies sei eine typische Macho-Bemerkung. Sie hält Carmen Thomas, die nach ihrem ersten Fehler im »Aktuellen Sportstudio« sofort entlassen wurde, weil die Herren der Schöpfung damals das andere Geschlecht als Moderator einer Sportsendung nicht akzeptieren konnten, heute noch für eine kompetente Sportreporterin. Der Steinbrecher mache ungestraft viel mehr Versprecher. Ich weiß nicht: Bei einem Traditionsverein das Gründungsjahr nicht zu kennen, ist vielleicht keine Schande, aber wenn es Bestandteil des Namens ist, hört der Spaß auf. »Hannover 97« oder »München 50«, nein danke! Zur Ehrenrettung von Monica Lierhaus sei gesagt, dass ihre gelgestylten Kollegen von Premiere die Sache keineswegs besser machen. Die Kommentatoren des Bezahlfernsehens – Originalton: »70.000 im Stadion und elf auf dem Platz« – sind durch die Bank grausig, mit Ausnahme des immer kompetenten Marcel Reif, dem Joschka Fischer der Sportreporter. Da sehnt man sich selbst nach Heribert Faßbender.

Und jetzt moderiert die Dame ausgerechnet die »Sportschau«. Und im Gegensatz zu Gerhard Delling, dem ohne Netzer der Pep fehlt, und dem ohnehin immer spröden Reinhold Beckmann hat sie durchweg eine gute Presse. Ich finde sie kompetenter als bei Premiere, wo ihr die wenigen Zuschauer offenbar die Mühe nicht wert waren. Sie wirkt besser vorbereitet, engagierter und war in der Zeit der Olympiade geradezu omnipräsent, als sie es sich nicht nehmen ließ, neben Athen auch noch Bundesligafußball zu moderieren.

Kristin Otto beim ZDF ist auch nicht schlecht, aber die bleibt immer so kühl, und dann ist da noch der Doping-Verdacht aus ihrer DDR-Zeit. Begeistern kann ich mich nur für Sabine Töpperwien im Radio. Vielleicht hänge ich an der Dame aber auch nur wegen der Verwandtschaft zu dem illustren Namensvetter Rolf, der meine besondere Sympathie genießt, seit er sich im alkoholisierten Zustand selbst zur Fackel machte.

Es liegt nicht nur an den Moderatoren, dass die heutige »Sportschau« hinter dem Produkt meiner Erinnerung zurückbleibt. Es ist mir alles zu bunt und zu grell, und an Werbezeit kann es die ARD heute durchaus mit den privaten Sendern aufnehmen. Wahrscheinlich geht es mir wie Bewohnern der ehemaligen DDR: So wie die sich nach Schlangen vor Lebensmittelgeschäften, dem Geruch von Braunkohle und dem Austausch von Klatsch sehnen, den sie als informelle Stasi-Mitarbeiter gesammelt hatten, so vermisse ich den ovalen Fernsehschirm und das schwarzweiße Bild.

Nun ist es keineswegs so, dass Fußball meine einzige oder auch nur meine erste Leidenschaft ist. Im stattlichen Alter von zehn Jahren, als andere Jungen mit ihren Vätern während des Endspiels von Bern vor dem Volksempfänger fieberten, zog ich es vor, mit der Mädchengruppe meines Kinderheims eine Dünenwanderung zu machen. Ich nahm die Nachricht vom 3:2 ziemlich gleichmütig auf. Die erste sportliche Heldentat, an die ich mich erinnere, ist der Ritt zu Mannschaftsgold von Hans Günter Winkler auf Halla bei den Reiterspielen in Stockholm, trotz seines Sehnenrisses in der linken Leiste. Der Rest der Sommerolympiade 1956 fand in Melbourne statt. Dorthin durften die Pferde wegen der australischen Quarantänebestimmungen nicht, von denen jeder ein Lied singen kann, der sich im Flugzeug vor dem Aussteigen besprühen lassen musste. Aus Melbourne ereilte mich auch die Nachricht von einer schmerzlichen Niederlage: der vierte Platz des Hürdenweltmeisters Martin Lauer, dessen Name aus allen Telefonbüchern gestrichen werden sollte, wie mein Onkel Michael zu Recht befand. Bewundert habe ich im gleichen Jahr Toni Sailer mit seinen drei Goldmedaillen von Cortina d'Ampezzo. Das hat ihm zwölf Jahre später Jean Claude Killy statistisch nachgemacht. Eigentlich gewann den Nebelslalom von Chamrousse ja Karl Schranz, der seinen Lauf wiederholen durfte, weil ihn ein Zuschauer behindert hatte. Dann wurde er disqualifiziert, weil er angeblich im ersten Lauf Tore ausgelassen hatte. Manche sind eben gleicher als die anderen. Killy hatte vorher schon Werbeverträge unterschrieben, da haben die Sponsoren auf dreimal Gold bestanden. So sind sie nun einmal, die Fran-

zosen! Der Pechvogel Karl Schranz durfte vier Jahre
später gar nicht erst antreten, weil er 50.000 Dollar
kassiert hatte. Auch im Sport ist es von Vorteil, Angehöriger einer der so genannten großen Nationen
zu sein. Tonis Siege bedeuteten mir fast so viel wie
die eines von uns, obwohl er nur Österreicher war.
Dagegen ließen mich die Erfolge von Helmuth Reck-
nagel von der Schanze kalt, der damals noch in einer
gesamtdeutschen Mannschaft startete. Später habe
ich dann die Becher-Hymne hassen gelernt, obwohl
sie doch musikalisch und auch vom Text her recht
hübsch ist, sie erklang nur für meinen Geschmack
eindeutig zu oft.

Wirklich öffnete sich mir die Welt des Sports erst,
als meine Eltern einen Fernseher anschafften – gerade noch rechtzeitig, dass ich den Sieg von Armin
Hary über 100 Meter und den Erfolg des Deutsch-
land-Achters unter Karl Adam bei der römischen
Olympiade 1960 in Schwarzweiß miterleben konnte.
Schon als Kleinkind hatte ich mir gewünscht, die
meist in schmuddeligen Herbstfarben gehaltenen
Gewebeflächen des Radiolautsprechers durch eine
kleine Leinwand wie im Kino ersetzen zu können,
nicht ahnend, dass das Fernsehen längst erfunden
war. Von da an gingen TV und Sport für mich eine
Symbiose ein, die mich bis heute fasziniert. Gewiss,
ich gehe dann und wann auch ins Stadion. Aber abgesehen davon, dass das Wetter meist schlecht ist
und man den unangenehmsten Typen begegnet, bekommt man einfach nicht genug davon mit, was auf
dem Spielfeld los ist. Während der Weltmeisterschaft
1990 saß ich im Meazza-Stadion von Mailand, das
für Fans für immer San Siro heißen wird, beim Spiel
Deutschland gegen Holland auf der Tribüne. Als Rudi
Völler und Frank Rijkaard vom Platz geschickt wur-

den, wusste keiner in meiner Umgebung warum. Erst im Fernsehen habe ich erfahren, dass der Holländer unseren Rudi bespuckt hat. Warum auch dieser die rote Karte bekam, verstehe ich bis heute nicht. Im Stadion fehlt einfach die Zeitlupen-Wiederholung. Technisch ist sie natürlich längst möglich und wird bei anderen Sportarten auch schon praktiziert, aber die Fußball-Funktionäre wehren sich noch, weil sie mit Recht befürchten, dass die miserable Leistung der Schiedsrichter bloßgelegt wird. Allerdings beweist das Eishockey, wo den Kölner Haien in den Play-offs 2003 gegen die Krefelder Pinguine trotz langen Studiums der Videoaufzeichnung ein klarer Treffer verweigert wurde und wo die Ermittlung des Weltmeisters im gleichen Jahr sieben Minuten dauerte, dass selbst Fernsehbilder Mühe haben, für die richtige Entscheidung zu sorgen.

Ich bin in der Arena einfach weniger engagiert als vor der Glotze. Die Distanz von den Zuschauerrängen zum Platz ist zu groß, jedenfalls in den alten Mehrzweck-Stadien, als dass der Funke überspringen könnte. Vor dem Fernseher, der fast jeden Spielzug in Nahaufnahme zeigt, bin ich voll dabei und habe schon oft meine Zehen bei dem Versuch, den Ball oder Puck ins Tor zu schießen, an einem Tischbein lädiert. Es ist mir unmöglich, ein Spiel im Sitzen zu verfolgen, ich laufe in Position, dribbele, ziehe ab, und es ist ein Wunder, dass ich noch nie den Bildschirm eingetreten habe. Dabei spiele ich im realen Leben keinen Fußball mehr, seitdem ich die Schule verlassen habe. Und dort war ich immer einer der Letzten, die für die Mannschaft ausgewählt wurden. Aber vor der Glotze werde ich zu Ballack, Klose oder Schneider. Jancker oder Bierhoff war ich jedoch nie.

Mein Interesse für Fußball wurde erst während des

Studiums geweckt, als ich demjenigen, der den VW hatte, auf der Fahrt nach Hamburg die Fußballberichte vorlesen musste, und zwar alle. Meine Begeisterung erwachte gerade noch rechtzeitig, um den Aufstieg von »96« mitzuerleben. Richtig, ich komme aus Hannover, der Heimat von Jutta Heine, der in Rom der Triumph versagt blieb, weil Wilma Rudolf über 200 Meter einfach schneller war. Dass auch ein zweiter Platz ein Sieg sein konnte, hat Charly Kaufmann über 400 Meter gleich zwei Mal bewiesen: im Einzelwettbewerb und in der Staffel. Gerade bei Olympischen Spielen ist die Teilnahme für den Zuschauer wirklich nicht alles! 1972 sah ich unter dem Zeltdach von München einen Mann aus Uganda mit dem Namen John Akii-Bua über 400 Meter Hürden Gold holen und war begeistert, dass er eine Ehrenrunde in fast der gleichen Zeit hinlegte, während die deutschen Ruderer ohne mein Wissen gleichzeitig Sieg um Sieg einheimsten. Der Fernsehzuschauer ist dagegen überall live dabei. Eine gewisse Kompensation brachte die physische Nähe zu Heide Rosendahl, die davon nichts ahnte und unbekümmert ihren Fünfkampf machte. Ihrem Sohn Danny Ecker blieben ähnliche Erfolge versagt, denn bei den Sommerspielen in Griechenland haben unsere Stabhochspringer nichts gerissen außer der Latte. Dagegen ist man Skiläuferinnen allenfalls beim Nummernziehen körperlich nah. An der Piste weiß ich oft nicht einmal, wer da an mir vorüber zischt, von der Zeit ganz zu schweigen.

Präsenz lohnt sich für mich nur beim Tennis. Die Zeiten, als ich Steffi Graf bis nach Melbourne gefolgt bin, um sie im Finale gegen Monica Seles verlieren zu sehen, sind allerdings längst vorbei. Dafür hat sie dann neben mir in der Halle meines Tennisclubs DTV trainiert, allerdings offensichtlich nicht gründlich

genug, denn ich habe sie wenig später gegen Serena
Williams untergehen sehen. Es war eine schmerzliche
Stimmung. Jeder von uns zitterte um jeden Ball und
litt mit, wenn sie ihn vergeigte. An dem Tag wurde
mir klar, dass Steffis Zeit endgültig vorbei war. Deswegen habe ich mir den Besuch des Finales von Roland
Garros 1999 gegen die von allen, also auch von mir
gehasste Martina Hingis erspart, obwohl ich damals
nur wenige hundert Meter entfernt in Paris wohnte.
Außerdem war das Wetter unbeständig, und ich hatte
mich am Tag zuvor durch zwei sterbenslangweilige
Halbfinale der Männer gefroren, bei denen einer der
Teilnehmer Steffis späterer Ehemann war, der das
Turnier dann auch gewann. Die Tennisfans wissen
natürlich, dass ich ein Spiel, das mit Steffis letztem
Grand-Slam-Sieg und dem Weinanfall der Hingis
Tennisgeschichte geschrieben hat, verpasst habe. Ich
hätte mich vor Ärger am liebsten wie Rumpelstilz-
chen in zwei Teile gerissen. Am Tag von Steffis größ-
tem Triumph erlitt ich eine schmerzliche Niederlage:
Zum ersten und einzigen Mal in meinem Leben war
es ein Fehler, dem Fernsehen den Vorzug gegeben zu
haben. Aber wahrscheinlich hätte ich auf dem Platz
»Suzanne Lenglen« die Tränen von Martina gar nicht
gesehen. Ich tröstete mich damit, dass ich das Lokal
»Le Cou de la Giraffe«, in dem Steffi ihren Sieg gefeiert hat, zu meinem bevorzugten Restaurant machte.
Manchmal besuche ich noch die Turniere von Nicolas Kiefer, den ich nur bei guten Spielen einen Hannoveraner nenne. Meist kommt »Kiwi« allerdings aus
Holzminden.

Meine Frau sagte einmal zu mir, als ich einer stun-
denlangen Übertragung des »Ironman« in Hawaii
folgte: »Warum schaust du dir das an? Das interessiert
dich doch überhaupt nicht!«

»Es gibt keinen Sport, der mich nicht interessiert!«, war meine Antwort.

Und das stimmt, jedenfalls, wenn er im Fernsehen übertragen wird. Curling, Synchronschwimmen, Dressurreiten und Hammerwurf faszinieren mich vor dem Bildschirm unter zwei Voraussetzungen: Es geht um etwas und es sind Deutsche dabei. Bin ich deswegen ein Nationalist?

Ich teile diese Leidenschaft mit 50 Prozent der Menschheit – der männlichen Hälfte. Gleichgültig, welche Nation, Rasse, soziale Herkunft, familiäre Situation oder berufliche Karriere ein Angehöriger des starken Geschlechtes hat, wenn man mit ihm über Sport diskutiert, wird man einen interessierten und kenntnisreichen Gesprächspartner finden. Natürlich gibt es Ausnahmen, vor allem bei Schwulen, aber ich kenne auch genügend Homosexuelle, die jeden Sonnabend ins Stadion pilgern. Selbstverständlich gibt es regionale und gesellschaftliche Unterschiede. Bei Rugbyspielen fiebern in erster Linie angelsächsische Völker mit Ausnahme der Amerikaner, die dafür den Football erfunden haben, und Franzosen mit. Bei uns ist Rugby nur auf wenige Hochburgen beschränkt, deren größte Hannover ist. Für US-Boys ist Kricket ein Baseballspiel mit Valium-Tablette. Gerodelt wird primär in deutschsprachigen Ländern, zu denen ich auch Südtirol zähle. Der Kumpel aus dem Ruhrgebiet sieht sich selten ein Polospiel an, und mit Hurling können nur die Iren etwas anfangen. Die Differenz betrifft aber nur den Grad des Interesses. Bei einem Mangel an Alternativen ist jeder Mann fähig, sich Sportarten anzuschauen, die in der eigenen Hitparade ganz unten stehen. Das ist bei Frauen anders. Damen, die sportbegeistert sind oder sich nur so geben, um sich bei uns Männern einzuschmeicheln, begrenzen ihre Auswahl auf einige Sparten, die man meist an den Fingern einer Hand abzählen kann. Eiskunstlaufen, Turnen, Dressurreiten, Golf und manchmal auch Fußball sind die Favoriten. Diese Exklusivität gibt es bei uns nicht. Männer lieben jeden Sport, selbst wenn ihn Frauen auch mögen. Ob das Y-Chromosom dafür verantwortlich ist, wie unsere Freundin Kerstin meint, weiß ich nicht. Wir brauchen den Wettkampf, der in erster Linie durch eigene Kraft und nicht durch Intelligenz oder Glück entschieden wird, wie bei den unzähligen Quizsendungen im Fernsehen, die meine Frau begeistert anschaut und die mich zu Tode langweilen. Vielleicht könnte man dieser archaischen Struktur des Männerhirns noch besser Rechnung tragen, indem man bei der bizarren Sportart des Biathlons die Teilnehmer aufeinander statt auf Zielscheiben schießen lässt.

Dass die deutsche Military-Mannschaft nicht mit Waffen ausgestattet ist, habe ich bei den letzten Olympischen Spielen bedauert, als sie aufgrund eines französischen Protestes die Goldmedaille erst nicht, dann doch und letztlich endgültig nicht erhielt. Nicht, um damit auf die Franzosen zu schießen, von denen man ohnehin nichts anderes erwarten durfte und die dann auch noch Gesellschaft von Engländern und Amerikanern bekamen. Das wären für ein erfolgreiches »Shoot out« doch zu viele gewesen. Nein, um den Idioten aus Warendorf zu erledigen, der den Vorsitz in der ersten und entscheidenden Kommission hatte und nicht verhinderte, dass Bettina Hoy die ungerechten 14 Sekunden auferlegt wurden, die nicht nur die Mannschaft, sondern auch sie selbst um Gold in der Einzelwertung brachten. Er habe den Eindruck vermeiden wollen, für die eigene Nation Partei zu ergreifen, sagte der bedauernswerte Tropf hinterher. Damit hätte kein Mitglied der Alliierten, die einen zweiten 8. Mai feierten, Probleme gehabt. Wie schlecht die Leistungen unserer Athleten auch sein mögen, unsere Funktionäre schaffen es immer, sie deutlich zu unterbieten! Ironischerweise wurde Bettina Hoy später von dem Vorwurf der »verbotenen Medikation« ihres Pferdes Ringwood Cockatoo freigesprochen, im Gegensatz zu Ludger Beerbaum, der es versäumt hatte, eine kortisonhaltige Salbe, mit der sein Pferd behandelt wurde, bei den zuständigen Veterinären anzumelden. Obwohl das Mittel eindeutig nicht leistungssteigernd war, verlor die deutsche Springreiterequipe ihre Goldmedaille, und die Deutsche Reiterliche Vereinigung brachte es damit auf eine nachträgliche Verlustquote von 75 Prozent aller errungenen Goldmedaillen, ein einmaliger Vorgang, der die Effizienz dieser Organisation in ein leuchtendes Licht stellt. Dagegen sieht es so aus, als ob der Ire Cian O´Connor seine Einzel-Goldmedaille behalten darf, obwohl sein Pferd gedopt war. Glücklicherweise ließ sich die B-Probe nicht mehr finden. Vielleicht sollten auch die Deutschen ihre Olympia-Teilnehmer von der Mafia betreuen lassen.

Zurück zum Ironman: Den historischen Triumph Deutschlands hat das deutsche Fernsehen verpasst. Vergeblich suchte ich in der Nacht vom 16. auf den 17. Oktober 2004 auf allen Kanälen nach einer Übertragung. Als Fan des Boxsports hätte ich mehr Glück gehabt. Nachrichten von den »Eisenmännern und -frauen« gab es erst in den späteren Morgenstunden im Videotext der ARD, das ZDF brauchte sogar noch etwas länger. Beide Kanäle brachten zwar am Nachmittag Berichte über den Doppelsieg von Nina Kraft aus Braunschweig und Normann Stadler aus Mannheim, aber das war eindeutig zu spät. Der Charme dieses Mediums liegt nun einmal darin, den Zuschauer zeitgleich an den Events teilhaben zu lassen. Natürlich ist aufgrund der Zeitverschiebung eine Live-Übertragung aus Hawaii nur zu ungünstigen Sendezeiten möglich, aber wenn ein öffentlich-rechtlicher Sender samstagnachts zwei Stunden lang zeigen kann, wie sich zwei geistig Minderbemittelte die Fresse polieren, dann müsste auch Raum für das Nonplusultra der Dreikämpfer sein, das den Athleten Übermenschliches abverlangt. Leider war auch dieser deutsche Doppeltriumph nicht von langer Dauer. Nina Kraft war gedopt und hat das auch in aller Öffentlichkeit zugegeben, im Gegensatz zu Marion Jones, die trotz erdrückender Beweise immer noch behauptet, ihre Goldmedaillen in Sydney legal errungen zu haben.

Selbstverständlich ist das Fernsehen nicht das einzige Medium, in dem ich mich über Sport informiere. Der Sportteil der Zeitung gehört zu meinem Frühstück wie das Salz aufs Ei. Er kommt immer zuerst, wogegen meine Frau ihre Lektüre mit dem Feuilleton beginnt, das ich nur in Notfällen anrühre. In Frankreich verfügte ich mit »L'Equipe« über den Luxus einer Tageszeitung, die nur über Sport berichtet, ein Service, den sonst nur noch die Italiener und Spanier kennen. Dafür kann man die Sportseiten der normalen französischen Tageszeitungen vergessen: Die des »Figaro« sind mäßig, und »Le Monde« und »Libération« scheuen sich prinzipiell, in die Niederungen des körperlichen Wettkampfs hinabzusteigen. Dagegen hat bei uns inzwischen selbst die »FAZ« einen Sportteil, der den Vergleich mit der »Süddeutschen« nicht zu scheuen braucht, während Letztere umgekehrt nicht den gleichen Aufstieg im Bereich der Wirtschaft verzeichnen kann.

Das Lesen bringt einen distanzierteren, reflektierten Genuss, es ist das Wiederkäuen des am Vortag Erlebten. Aber es bietet nicht das Drama des unmittelbaren Dabeiseins. »Open the television!« sagt unsere israelische Freundin Michal, wenn wir den Fernseher anstellen sollen. Das Bild trifft es genau. Der Vorhang zu der grünen Wiese des Lebens wird aufgezogen. Wir treten ein und spielen mit!

2.

Meisterschaft

Es ist 17 Uhr am Sonnabend und ich sitze im Auto auf dem Weg zum Opernhaus. Ausgerechnet Oper! Im Gegensatz zu meiner Frau bin ich alles andere als ein Fan dieser Darbietung. Ich gehe gern ins Theater und höre ab und zu sogar mit Vergnügen ein Konzert, aber wenn die Menschen anfangen, aus dem Hals zu singen, hört bei mir die Musik auf. Die Vorstellungen beginnen zwar selbst bei dem schrecklichen Wagner nicht schon nachmittags, aber wir werden heute zuvor noch durch den Fundus und über die Bühne geführt. Ich habe die Einladung angenommen, einmal, weil ich meiner Frau die hannoversche Oper nunmehr seit mehr als dreieinhalb Jahren erfolgreich vorenthalten habe, sie mich jedoch zu einigen Sportereignissen begleitet hat. Zum anderen spielt 96 auswärts bei Bayern München, wo das beste Ergebnis bisher ein 0:0 vor vielen Jahren war. Außerdem tut sich der Aufsteiger so schwer, dass um diese Zeit für die Bayern alles klar sein müsste. Irrtum! Als ich den Fernseher abgeschaltet habe, führte 96 1:2. Im Autoradio wird über jedes Spiel berichtet, bis hin zu dem für Norddeutsche hochinteressanten Spiel Stuttgart gegen Cottbus, nicht aber aus München. Von dort kommen nur kurze Einblendungen »Tor in München«, bei denen ich jedes Mal zusammenzucke. 2:2, 3:2, und dann schießt der liebe Sammy Kuffour ein Eigentor zum 3:3. Ich erreiche das Opernhaus schweißgebadet und es gelingt mir im Gegensatz zu meinem Nachbarn nicht, bereits während des ersten Aktes der Vorstellung einzuschlafen.

»Unsere Spiele haben einen hohen Unterhaltungswert«, sagte Ralf Rangnick, der Trainer von 96, »gut
für die Nerven sind sie nicht.«

Sie ahnen es: Wir befinden uns im Jahr eins nach
dem Bundesligaaufstieg, der die schreckliche Peri-
ode dreizehnjähriger Erstligaabstinenz beendete. Der
Held des ersten Jahres war Fredi Bobic, der erst nach
dem Fehlstart geholt und zwischenzeitlich durch die
Affäre um seinen angeblichen Besitz von Borussia-
Dortmund-Aktien geschwächt wurde. In der Presse
drohten 96 bereits die Wegnahme von acht Punkten
und der Entzug von Fredis Spielberechtigung. Lächerlich, diese Regelung des DFB, dass ein Spieler keine
Aktien eines anderen Vereins haben darf! In der In-
dustrie fragt dich auch keiner, ob du etwa Aktien eines Wettbewerbers besitzt. Bezeichnend ist, dass Bo-
bics Portfolio erst in die Diskussion geriet, als seine
Rückkehr in die Nationalmannschaft wahrscheinlich wurde. Der Sturm im Blätterwald legte sich so
plötzlich, wie er aufgepustet war. Fredi erklärte, keine
Wertpapiere von Borussia Dortmund zu besitzen. Die
Frage, ob ihm jemals Aktien des Clubs gehörten und
er sie vielleicht am Tag zuvor abgegeben hat, stellte
niemand. Bobic half tatkräftig, Deutschland für die
Europameisterschaft 2004 zu qualifizieren und anschließend in der Vorrunde auszuscheiden. Als er
nach einem Jahr nach Berlin zur Hertha ging, machte
Hannover Thomas Brdaric zum Nationalspieler. Auch
er hat es uns nicht gedankt und ist nach Wolfsburg
gewechselt, was für einen Hannoveraner nur schwer
nachzuvollziehen ist.

Bei den Bayern wäre Bobic nicht einmal in die Diskussion geraten. Der »FC Hollywood« genießt beim
DFB und seinen Schiedsrichtern eine Sonderbehand-
lung. Olli Kahn darf straflos würgen und sogar seinem

Nationalmannschaftskollegen Klose mit dem Finger zweimal in der Nase bohren, im Gegensatz zu dem 96er Dame Diouf, bei dem es sich nicht um eine Frau handelt, wie der Vorname vermuten lassen könnte. Kahn bekommt für Fouls, für die andere rot sehen, in der Regel nicht einmal gelb. Aber Ollis Stern ist seit dem verpatzten WM-Finale im Sinken. Nehmen wir ihm übel, dass er doch kein Übermensch ist? Auch seine Leistung ist im Sturzflug. Er kostete Bayern im Spiel gegen Real Madrid die Champions-League, kassierte gegen Leverkusen, das vor zwei Jahren noch beinahe abgestiegen wäre, vier Tore, und ließ auch für Deutschland haltbare Bälle ins Netz. Mein Schwager Justin, der Kahn nach dem Champions-League-Sieg in Mailand umarmte, wird das längst bereut haben. Ich hätte mich dem Olli selbst nach dem Gewinn einer Weltmeisterschaft körperlich wohl kaum genähert. Aber die ästhetischen Ansprüche sind halt verschieden.

Jedenfalls genügte der Torwart denen einer Barfrau aus dem P1, einer Münchner Promidisko. Sie hielt sich aufgrund der Affäre mit ihm selbst für einen Medienstar, nicht einmal ganz zu Unrecht, denn sie bekam eine eigene Fernsehschau. Den Steigbügel, mit einem Prominenten zu schlafen, um die eigene Karriere zu fördern, haben vor ihr schon andere genutzt, teils mit Erfolg wie Verona Feldbusch, teils gänzlich ohne wie Sabrina Setlur.

Die Regenbogenpresse nahm es Kahn übel, dass er seine im neunten Monat schwangere Gattin betrog, obwohl das bei den Bayern doch Tradition hat. Schon der Mayer Sepp bekannte sich zu einem Seitensprung, und der Kaiser hat bereits das zweite Kind mit der Dame, die als Höhepunkt einer Weihnachtsfeier in die Medien eingeführt wurde. Auch der brave

Rummenigge, der westfälische Biedermann, ist nicht ohne. Selbst Ottmar Hitzfeld, dieser verkrampfte Mathematik-Lehrer, dem das niemand zugetraut hätte, hatte eine Affäre. Und Effe hat bei seinem Abschied von den Bayern auch gleich die Ehefrau seines Kollegen Strunz als Souvenir mitgenommen. Jeder kann verstehen, dass die lieber mit einem »Blasengel« zusammen sein will als mit einem Mann, der durch Trappatonis Satz »Strunz ... was erlauben?« irgendwo in der Regionalliga angesiedelt wurde. Der Weg nach Wolfsburg war insofern vorgezeichnet. Im Gegensatz zum Stefan passt Strunz dort hin. Dass Effenberg in seiner Mönchengladbachzeit gemeinsam mit seiner Frau einen Penner von der Türschwelle getreten hat, interessierte bei den Bayern niemanden. Asoziale sind nicht die Klientel dieses Vereins. Bei Stefan wurden sie erst nervös, als er eine Tirade gegen die Arbeitslosen losließ, die in der Sache so falsch nicht war. Wer in Deutschland ohne Erwerb ist, ist dies per Dogma unverschuldet, was sicher für die Mehrheit richtig ist, aber eben nicht für alle. Das auszusprechen verstößt gegen das soziale »comme il faut« und geht selbst in einem stramm auf die CSU ausgerichteten Club wie dem FC Bayern nicht.

96, das in der zweiten Liga alle erdenklichen Rekorde brach, tat sich zunächst schwer in der Bundesliga. Siege zu Hause waren alles andere als eine Selbstverständlichkeit. Der berühmte 13. Mann bleibt in Hannover meist stumm. Die Fähigkeit, sich zu begeistern, ist bei uns begrenzt. Phonetisch sind meist die Anhänger der Gastmannschaft überlegen. Meine Frau erzählt ihren rheinischen Freunden immer noch gern, wie ich im Kölner Rosenmontagszug zu ihr sagte: »Schrei doch nicht so laut!«, als sie »Kamelle!« und »Strüssjer!« rief. Aber bützen lasse ich mich schon. Ganz ohne Temperament sind wir Niedersachsen auch nicht. Karneval in Hannover ist für eine Rheinländerin allerdings nicht ohne Probleme. Als meine Gattin samt kölscher Freundin einem Paar mit Narrenkappe ein fröhliches »Alaaf!« zurief, entgegnete ihr der beleibte Vertreter der Narrenzunft mit gesetzter Stimme: »Hier heißt das immer noch ›Hannover Helau‹!«

Als 96er-Fan bin ich leidgeprüft. Als die Roten im Jahre 1954 in Hamburg gegen die hohen Favoriten aus Kaiserslautern Meister wurden, habe ich nicht mitgejubelt. Ein sadistischer Fußballgott öffnete mein Herz für die Hannoveraner Kicker erst, nachdem sie den Zenith überschritten hatten. Nach dem ersten Bundesligaaufstieg gab es gleich einen fünften Platz, dann einen zwölften und einen neunten. Hannovers Präsidium wurde unruhig, wollte mehr und heuerte mit Joschi Skoblar und Jupp Heynckes zwei Weltklassespieler an. Als das nichts half, wurde mit Tschik Cajkovski ein Jahr später auch ein Meistertrainer engagiert, der mit den Bayern den Europapokal geholt hatte. Doch 96 verharrte im Mittelfeld und das Star-Ensemble ging wieder. Was blieb, waren die Schulden, die den Verein jahrelang quälten. Sportlich machte Hannover lange keine Schlagzeilen mehr und entwickelte sich zu einer Fahrstuhlmannschaft à la Bielefeld oder Nürnberg. Dafür konnte die Lokalpresse genüsslich die Schlacht am kalten Buffet zelebrieren, die sich ein amtierender und ein ehemaliger Präsident von Hannover 96 schlagkräftig geliefert hatten.

»Jetzt san's weg vom Fenster, die 96er!«, raunte mir in München ein Bayer zu, der mich fälschlicherweise für einen 60er-Fan hielt. Das waren sie letzten Endes doch nicht. In meiner Studentenwohnung konnte ich den Lärm von Giesings Höhen hören und dort blieb es zum Saisonende erfreulich ruhig. Der Mitkonkurrent um den Abstieg entschied das Rennen für sich. Aber das war nur eine Momentaufnahme, letztlich erwischte es meinen Verein in der Bundesliga immer wieder. Als die inzwischen wieder einmal zweitklassigen 96er 1992 überraschend das Pokalfinale gegen Borussia Mönchengladbach erreichten, verprellte ich meine Eltern, indem ich mich der Feier ihrer goldenen Hochzeit entzog und stattdessen nach Berlin fuhr. Es war schließlich die letzte Chance auf ein Endspiel mit Hannover zu meinen Lebzeiten! Gespielt haben eigentlich nur die anderen, gewonnen hat Hannover im Elfmeterschießen dank Jörg Sievers, der mit siebenunddreißig Jahren erstmals in der Bundesliga halten durfte. Doch nur für kurze Zeit, denn auf gehabte Verdienste kann das Fußballgeschäft keine Rücksicht nehmen.

Nach dem Pokalsieg rief mir ein missgünstiger Mönchengladbach-Fan zu: »Immer zweite Liga!« Ein Berliner kam mir blitzschnell zu Hilfe: »Dafür spielen die morgen gegen Liverpool!«

Tatsächlich spielten wir in der ersten Runde des Europapokals der Pokalsieger, den ich schon wegen seines irrsinnigen Namens liebte und der leider inzwischen wegrationalisiert ist, gegen Werder Bremen, das den Vorjahreswettbewerb gewonnen hatte, und flogen raus. Vier Jahre später stiegen wir ausgerechnet im Jahr des hundertjährigen Jubiläums der Vereinsgründung in die Regionalliga Nord ab und waren nur noch drittklassig. 96 war am Boden und seine Fans auch. Der erste Aufstiegsversuch scheiterte an Cottbus. Im Niedersachsenstadion blieb das Spiel vor den Augen von Gerhard Schröder und natürlich meinen torlos. Beim Rückspiel wurden unsere dunkelhäutigen Spieler Gerald Asamoah und Otto Addo mit Bananen beworfen. Inzwischen haben die ihre eigenen

Schwarzen. Beim Stand von 1:1 fiel im Stadion das Licht aus. Ich bin wie jeder Hannoveraner bis heute fest davon überzeugt, dass das keine Panne war. Als es nach langer Pause wieder Strom gab, war Hannovers Energie am Ende. Seitdem ist Cottbus meine Hassmannschaft. Im Pokal 2004/2005 konnte sich 96 endlich im Elfmeterschießen auf feindlichem Boden revanchieren. Nach dem Bundesligaabstieg stürzte Cottbus auch in der zweiten Liga auf den letzten Platz und feuerte das Denkmal Ede Geyer.

Im nächsten Anlauf schafften wir den Aufstieg in die Zweitliga und waren stolz, in Gütersloh und Wattenscheid spielen zu dürfen. Es ist mir ein Rätsel, warum die Spiele dieses Vereins, ganz egal in welcher Liga und auf welchem Niveau er spielt, Schweißausbrüche und Herzflattern bei mir auslösen, wie es sonst nur der Nationalmannschaft gelingt. Dass 96 die Farben der Stadt vertritt, in der ich geboren wurde, kann kein rationaler Grund sein. Hannoveraner stehen ihrer Heimat eher skeptisch gegenüber, ganz anders als Kölner, für die jenseits des Doms der Dschungel anfängt. Die rührselige Selbstbeweihräucherung in Liedern ist uns fremd, und von »Wir sind die lust'gen Hannoveraner« kann ich nicht einmal die erste Strophe. Bei 96 werden die Spieler wie anderswo auch aus aller Welt zusammengekauft und sind oft nur für eine Saison da, ein Hannoveraner ist nicht unter ihnen. Nur der Jungnationalspieler Per Mertesacker stammt aus der Region. Intellektuell verachte ich mich dafür, dass mein Wohlbefinden von den Resultaten eines Clubs abhängt, dessen Defizite mir nicht verborgen geblieben sind und der mit Recht dazu verdammt schien, in der ersten Liga permanent gegen den Abstieg zu spielen. Aber ich kann nicht anders, es ist einfach stärker als ich. Genauso wie es bisher ein ungeschriebenes Gesetz war, dass die Mannschaft, unabhängig aus welchen Spielern sie sich zusammensetzte und von wem sie trainiert wurde, ihre Spiele beherzt anging und sich viele Chancen erarbeitete, von denen die meisten jedoch ausgelassen wurden. Aber ab der sechzigsten Minute geriet sie ins Stottern und verlor in der Regel durch einen späten Gegentreffer. Momentan ist alles anders. Unter Ewald Lienen lernte 96 die Defensive und schwor Rangnicks fröhlichem Angriffsfußball ab. Das trug in der laufenden Saison zunächst keine Früchte. Die Mannschaft sackte bis auf Platz 18 und die Rufe »Lienen raus!« wurden im Publikum und in der Presse geradezu übermächtig. Aber plötzlich wendete sich das Blatt. Hannover ließ kaum noch Gegentore zu und stieg in der Tabelle beharrlich nach oben. Zwischenzeitlich waren wir als beste Nordmannschaft auf Platz 4 in der Tabelle – so gut wie noch nie. Wir haben uns zum Angstgegner des großen HSV entwickelt, der unter dem sympathischen Thomas Doll ebenfalls eine atemberaubende Renaissance hatte, bis er eben auf 96 traf. »Hannover, ist das schon Norden?« fragte Lienen sarkastisch, als er von Journalisten auf die Meisterschaft in dieser Region angesprochen wurde. So ähnlich geht es mir auch. Ich kann nicht glauben, dass mein Heimatverein eine Spitzenmannschaft sein soll. Meine Erwartungen sind zu oft enttäuscht worden, so dass ich aus reinem Selbstschutz schon froh wäre, wenn wir in diesem Jahr einmal nicht um den Abstieg mitspielten. Wie schnell das wieder gehen kann, beweist zurzeit der VfL Bochum, der letztes Jahr einen UEFA-Cup-Platz errang.

Meine drei Töchter habe ich früh an den Fußball geführt, um ihnen das Schicksal ihres Vaters zu ersparen. Klaglos saßen sie im Stadion neben mir auf ihren

Händen, um die Kälte der Plastiksitze abzupuffern. Meine Älteste, Liv, entwickelte schon früh einen beachtlichen Kick, sehr zum Ärger des schon als Kahn-Fan geouteten Justin, dessen Tochter Julia sich ziemlich unbegabt zeigte. Beide haben Dauerkarten bei den Bayern, was sie als nicht Eingeborene ausweist, denn die sind Anhänger von 1860. Insoweit ist mein Freund Klaus Bohm Ur-Münchner, obwohl seine Wiege noch weiter nördlich als die von Justin stand. Wir haben während des Studiums zu dritt in der Ainmillerstraße das »Aktuelle Sportstudio« geguckt und hinterher die Kultserie »Number 6«. Justin verriet schon früh sein uns überlegenes sportliches Talent, indem er Stühle an nur einem Bein in die Höhe stemmte.

Ich war überrascht, dass Liv während der »Sportschau« immer nach dem Frankfurter Spieler Grabowski fragte, bis ich herausfand, dass ein Maulwurf dieses Namens Held eines Kinderbuches ist. Dennoch sollte der Fußball für die ersten Spannungen mit meinen Töchtern sorgen. Sie haben mir bis heute nicht verziehen, dass ich während der Serie »Beverly Hills, 90210« jeden Sonnabend wortlos zur Fernbedienung griff und Kelly, Donna und Konsorten durch Herren in kurzen Hosen ersetzte.

In der Meisterschaft gelten meine Sympathien neben den norddeutschen Vereinen Borussia Dortmund und Schalke 04. Ich weiß, dass diese Kombination für jeden Westfalen unerträglich ist, aber ich bin ja nun keiner. Dortmund wurde unter dem Feuerkopf Sammer, der daraufhin auch den letzten Ansatz von Humor verlor, Meister 2002 und jagte dem lange die Tabelle anführenden »Neverkusen« schon vor dem letzten Spieltag den ersten Platz ab. Diesmal war es nicht Unterhaching, sondern Niederlagen gegen Nürnberg und Bremen, die der Werksmannschaft die

Meisterschaft kosteten. Wie sagte Jens Nowotny, als er im April 2002 gefragt wurde, ob er drei Titel hole? »Vielleicht sind es auch vier.«

Der vierte war die Weltmeisterschaft, zu der Nowotny nicht fuhr, weil er sich verletzte. Sonst wäre er Vize, so wie Bayer Leverkusen in der Bundesliga, im Pokal und in der Champions-League. Unvergesslich, wie der Butt bewegungslos den Ball neben sich reinrauschen ließ. Sein Club tat mir nicht Leid, ganz anders als die Bayern 1999, mit denen ich selten fühle. Selbst die Reporter des französischen Fernsehens, in dem ich das Spiel verfolgte, waren betroffen, als Manchester United ein bis dahin von den Münchnern überlegen geführtes Champions-League-Endspiel durch zwei Tore in der Schlussminute gewann. Und das will etwas heißen. Nichts wird sonst in Frankreich mehr bejubelt als deutsche Niederlagen – na ja, außer vielleicht Siege der »Bleus« im Rugby. Die sind eher selten. Danach habe ich die Bayern im Parc des Princes gegen Paris SG verlieren sehen. Die Franzosen um mich herum waren außerordentlich freundlich zu mir, wahrscheinlich wegen ihres Erfolgs. Beeindruckt war ich von der Stimmung im Stadion, ausgelassen und fröhlich, fast ohne Aggressivität. Es gab keine Pfiffe gegen die eigene Mannschaft, obwohl Paris SG nur mäßig spielte, wie auch den Rest der Saison – trotz oder wahrscheinlich wegen Anelka. Hauptstadtmannschaften haben es eben schwer, wie uns Hertha Jahr für Jahr beweist. Echte Pariser sind ohnehin Anhänger von Olympique Marseille. SG steht übrigens für Saint Germain, aber dort spielen sie nicht, und auch nicht in dem zur WM 98 erbauten Stade de France, sondern in Auteuil, wofür ich ihnen sehr dankbar war, weil ich dorthin zu Fuß gehen konnte. Mein Lieblingsverein im Land der vierhundert Käsesorten ist Auxerre aus der burgundischen Provinz, dessen Trainer Guy Roux bereits so lange dabei ist, dass sich niemand erinnert, ob es schon vor ihm einen Coach gab.

Während meiner Pariser Jahre wurde das Band zu 96 dünn. Im Kabelprogramm war das ZDF der einzige deutsche Sender, den ich empfing. Ich war daher auf gelegentliche Mitschnitte einiger Minuten eines Hannoverspiels in der Sportreportage am Sonntagnachmittag angewiesen, die alle vierzehn Tage von Jochen Maas auf einer Kiste stehend eingeleitet wurde. Er ist nun einmal nicht der Größte! Danach war Formel 1, die einen damals noch nicht wie heute zum Gähnen brachte. Der ZDF-Text, in dem ich mich über die Spielstände informierte, verschwand nach wenigen Monaten, um nie mehr wiederzukommen. In Frankreich wird natürlich reichlich Fußball übertragen, in Tf1 und Canal Plus, dort bei Champions-League-Spielen sogar auf mehreren Kanälen, aber für einen deutschen Zweitligisten interessiert sich verständlicherweise niemand. Im Zentrum einer Fußballsendung steht allerdings auch im Fernsehen das Wort und nicht das Bild. Kommentiert wird immer von zwei Reportern, denen es eine Sache der persönlichen Ehre ist, einander zu widersprechen. Umrahmt wird das Spiel von Diskussionsrunden, deren Gesamtdauer die Spiellänge häufig übersteigt. Dennoch macht es Spaß: Die Reporter verstehen etwas vom Fach, haben Humor und sind vor allen Dingen mit dem Herzen dabei. Der Aufschrei »aiaiaiai«, wenn es brenzlig wird, klingt immer noch in meinen Ohren. Selbstverständlich wird auch jeder ausländische Name französisch ausgesprochen, so dass man oft genau hinsehen muss, um zu verstehen, von wem sie reden.

Zurück zu den Bayern: Zwei Jahre später haben sie dann den Pott geholt und den Weltpokal gleich mit.

Doch die mit Abstand erfolgreichste deutsche Mannschaft in Europas Fußball lässt mich kalt. Natürlich stehe ich hinter ihnen, wenn sie international spielen, aber nicht mit dem gleichen Enthusiasmus, den ich für andere deutsche Mannschaften empfinde. Woran liegt das? Vielleicht, weil ich zu oft nach der deutschen Meisterschaft gehört habe: »Und der Sieger heißt ... Bayern München.« Wahrscheinlich liegt es aber doch eher an der Art, wie sie Fußball spielen. Auch bei diesem Verein ist es egal, wie sich die Mannschaft zusammensetzt, ob die Stars Beckenbauer, Rummenigge, Matthäus, Effenberg oder Ballack heißen, das Spiel des FC Bayern hat immer etwas Pomadiges. Arrogant ist das erste Attribut, das mir zu dem »Stern des Südens« einfällt. Ich mag Spieler, die sich wie Arbeiter geben, auch wenn sie Millionen verdienen. Deswegen freue ich mich spitzbübisch, wenn ein Underdog wie Uerdingen die Bayern im DFB-Pokal schlägt, wenn der Aufsteiger Kaiserslautern ausgerechnet mit Otto Rehhagel, den die Münchner gefeuert hatten, im Olympiastadion gewinnt und anschließend Deutscher Meister wird oder wenn Werder die Meisterschaft im Olympiastadion entscheidet.

Auf die Landkarte europäischer Vereinswettbewerbe brachte uns nicht der FC Bayern. Diese Ehre gebührt Eintracht Frankfurt, auch wenn sie 1960 im Finale des Europapokals der Landesmeister gegen Real Madrid mit 3:7 den Kürzeren zogen. Ich habe nie wieder zehn Tore in einem Endspiel gesehen. Ebenfalls noch vor den Bayern war 1966 Dortmund dran mit Toren von Siggi Held und »Stan« Libuda gegen den FC Liverpool. Allerdings dauerte es mehr als dreißig Jahre, bis Dortmund den Titel, nunmehr in der Champions-League, mit zwei Treffern von Kalle Riedle und einem von Lars Ricken gegen Turin in München wieder holen konnte. Wenige Tage später saß ich im gleichen Flugzeug wie Riedle und beglückwünschte ihn zu seiner Leistung. Er hat mich verständnislos angelacht. Vielleicht kann er nicht sprechen. Aber das muss er auch nicht. Ich liebe diese Typen, die sich reinhängen und malochen, auch wenn sie keine drei fehlerfreien Sätze herausbringen.

Hannover 96 hatte die zweifelhafte Ehre, mit Jan Simak das erste Opfer des Erschöpfungssyndroms hervorzubringen. Simak war vermutlich der brillanteste Spieler, der jemals für Hannover im Einsatz war, aber nicht willens, Verantwortung für irgendetwas – einschließlich des eigenen Lebens – zu übernehmen. In den letzten Jahren hat der gute Jan so wenig gespielt, dass es nicht der Fußball sein kann, an dem er sich echauffiert hat. Schon zum Saisonbeginn 2001 sollte er eigentlich an St. Pauli verkauft werden, weil der Verein die ständigen Querelen mit ihm leid war. Dann wurde er zum Star der Aufstiegsmannschaft, was ihn aber nicht davon abhielt, gefragt oder ungefragt seinen Widerwillen gegen Niedersachsens provinzielle Hauptstadt zu betonen. Der Verein bemühte sich mit geradezu rührender Fürsorge, Simaks menschliche und gesellschaftliche Defizite auszugleichen, aber der führte sich mehr und mehr wie ein gegen sein Elternhaus rebellierender Teenager auf. Nachdem er zunächst mit Kaiserslautern geliebäugelt hatte, was für jeden Hannoveraner ein Schlag ins Gesicht war, ging er im nächsten Jahr für viel Geld in die Weltstadt Leverkusen, wo er meist auf der Bank saß, aber das entscheidende 2:1 in der Nachspielzeit in Hannover erzielte. Dann kam er im Paket mit Thomas Brdaric zu 96 zurück, machte ein paar glänzende Spiele, um sich dann in die Tschechei abzusetzen, aus der er sich krankmeldete, was ihn nicht davon abhielt, zeitweilig in der Gastronomie zu arbeiten und dann und wann auch zu trainieren. Ich würde ihn für einen größeren Gauner als Schwejk halten, wenn es nicht Deisler gäbe, der unter denselben Symptomen litt. Auch in meinem privaten Umfeld kann ich beobachten, dass Menschen sich dem Druck, etwas leisten zu müssen, durch Flucht in eine Krankheit entziehen. Was früher eine einfache Depression war, kann heute die ganz unterschiedlichen Symptome einer Migräne, einer Borreliose oder sonstiger Krankheiten zeigen. Vielleicht ist diese Methode, Konflikte zu bewältigen, akzeptabler als die alkoholischen und sexuellen Exzesse, die ich aus meiner Vergangenheit kenne.

Mit seinen tschechischen Spielern hat 96 nur bedingt Glück. Jiri Kaufmann galt als viel versprechendes Talent, versagte aber in den entscheidenden Spielen. Jiri Stainer, als Nachfolger Simaks von Liberec geholt, ist meist zu dick und dribbelt einmal zu viel, hat Hannover aber 2002 dank seines Treffers gegen Mönchengladbach vor dem Abstieg gerettet. Als Ewald Lienen im März 2004 Rangnick als Trainer ablöste, sank Stainers Stern bei den 96ern. Er wurde an Sparta Prag ausgeliehen, mit denen er sogar Champions-League spielte, die ihn aber letztlich nicht behalten mochten. Verkaufbemühungen blieben vergeblich und seither hat Jiri sogar wieder Tore für Hannover erzielt. Genialität und Wahnsinn liegen allerdings auch bei ihm dicht beieinander.

Werder Bremen war der Titelträger der Saison 2003/2004 und jeder erwartete, dass die Bayern zurückschlugen. Zunächst traten sie nicht so dominierend auf, wie wir es von ihnen gewohnt sind. Schon stellte sich die Hoffnung ein, dass sie den Weg von Real Madrid nehmen würden, das mit überalterten Stars zu Anfang nur noch einen Platz im Mittelfeld der spanischen Liga fand. Doch stattdessen haben die Bayern nach der Hälfte der Saison wieder den Platz an der Spitze, der für sie reserviert zu sein scheint. Wieder einmal stehen drei Vereine vorne in der Tabelle, die man mit Recht zu den Besserverdienern zählt. Man könnte annehmen, dass es sich um ein selbstverständliches Phänomen handelt, weil die Reichen sich auch die effizientesten Spieler leisten können. Aber so einfach ist die Gleichung nicht. Die teuersten Spieler, deren Leistung in der Vorsaison für ihren Preis verantwortlich ist, sind keineswegs immer die besten. Doch scheinen die Schiedsrichter den großen Namen und damit dem Mammon einen gesteigerten Respekt entgegenzubringen. Trotz Hoyzer will ich nicht behaupten, dass unsere Referees bestechlich sind, jedenfalls nicht die Mehrheit. Die Mechanismen sind subtiler. Der Kotau vor dem Kapital beginnt schon in den Medien, vorrangig bei Premiere und natürlich dem früheren Groschen-Blatt. So konditioniert lassen die Schiris den bekannten Vereinen einiges an Fouls durchgehen, die sie bei kleineren gepfiffen hätten, und begünstigen die Krösusse umgekehrt mit Freistößen. Und wenn das alles nicht hilft, wird ein reguläres Tor aberkannt, so geschehen bei Hannover 96 gegen Hertha. Da ist es dann kein Wunder, wenn sich am Ende der Tabelle auch das kleine Geld einfindet. Borussia Dortmund ist kein Gegenbeispiel. Der sportliche Abstieg und die finanzielle Misere liefen parallel.

Aber vielleicht lag Hannovers Niederlage gar nicht daran, dass Herr Kind mit seinen Hörgeräten nicht genügend verdient. Gerhard Schröder war im Stadion und immer, wenn der da ist, verliert 96. Der Kanzler ist erklärter Dortmund-Fan. Warum zeigt er sich nicht dort öfter und lässt uns in Ruhe?

3.

Und am Ende gewinnt Deutschland

»Bozsik, immer wieder Bozsik!«

Jedes deutsche Kind weiß nicht erst seit dem Film, dass der in der nächsten Sekunde den Ball an Schäfer verliert, der zu Rahn flankt. Rahn schießt und das Wunder von Bern ist perfekt. Ich habe die Stimme Herbert Zimmermanns im Ohr, den vierfachen Torschrei, das »Aus, aus, aus, das Spiel ist aus!«, obwohl ich die Originalübertragung verpasst habe. Der Triumph des unerwarteten Titelgewinns 1954, den die noch nicht so demokratiegeübten deutschen Zuschauer mit dem Absingen der ersten Strophe des Deutschlandliedes feierten, ist unwiederholbar. Auch hier bin ich zu spät gekommen und was das bedeutet, hat uns Gorbatschow gelehrt.

Meine Kinder jedenfalls wussten schon im Vorschulalter, dass im Wankdorfstadion keiner wankt, und wenn wir die Stätte des Ruhmes auf dem Weg zum Skilaufen passierten, riefen sie im Chor: »Hier ist Deutschland Weltmeister geworden!« Inzwischen wurde es abgerissen. Im Rausch des eigenen Sieges blieb in der deutschen Bundesrepublik beinahe unbemerkt, dass der Nachbar Österreich ebenso sensationell Dritter geworden war.

In den Jahren danach bekleckerte sich Deutschland nicht gerade mit Ruhm. Von neunzehn Spielen gingen neun verloren. Die guten alten Zeiten waren auch nicht immer golden! Dann kam die WM in Schweden und mit ihr das Halbfinale gegen die Gastgeber. Der Rundfunkkommentar von Herbert Zimmermann und Rudi Michel wurde von den »Heia, heia, Sverige«-

Gesängen der Einheimischen überlagert, die unerwartetes Temperament offenbaren. Anschließend hatten wir die Ehre, um den dritten Platz zu spielen. In Deutschland wurden schwedischen Touristen die Autoreifen zerschnitten. Ich hielt das für übertrieben, obwohl das Ergebnis himmelschreiendes Unrecht war. Mein Interesse an den Schwedinnen, die als leicht zu haben galten, blieb aber ungebrochen.

Von der WM in Chile habe ich keine Bilder in Erinnerung mit Ausnahme des schwarzen Loches, in das ich fiel, als wir ausgerechnet gegen die Jugoslawen, die wir bei den beiden vorangegangenen Weltmeisterschaften geschlagen hatten, schon im Viertelfinale ausschieden. Im Viertelfinale! Die Schande war kaum zu ertragen. Ich sollte später Gelegenheit erhalten, mich an sie zu gewöhnen.

Vier Jahre später durfte ich dann endlich Zeuge einer Heldensaga werden, die, wie sich das gehört, einen unglücklichen Ausgang nahm. Im Mutterland des Fußballs trat erstmals Franz Beckenbauer als einer der Hauptdarsteller auf, elegant, mit Spielwitz und gut aussehend. An seiner Seite der erfahrene Haudegen Uwe Seeler und der pfiffige Rheinländer Overath, der wie kein anderer einen tiefen Diener machte, wenn er ermahnt wurde. In den Nebenrollen der listige Lothar Emmerich mit der linken Klebe, sein Dortmunder Vereinskamerad Held, der Italienlegionär Haller, Torwart Tilkowski und last but not least ein Mann namens Weber. Der letzte Akt fand in Wembley statt, wieder gegen die Gastgeber. Ein böses Omen. Ich habe ihn mit meiner Freundin in einem Pariser Bistro verfolgt. Am Nebentisch saßen Engländer, welche die deutsche Mannschaft lauthals unterstützten. In der Halbzeitpause kam einer von ihnen an meinen Tisch geschlendert und fragte mich, ob die in den schwarzen Hosen das englische Team seien. Ich musste ihn enttäuschen. Die Schurkenrolle war überraschenderweise nicht mit Nobby Styles besetzt, der sich dafür wegen seines permanenten Foulspiels und vor allem wegen seines Aussehens, wenn er sich vor dem Spiel die Zähne herausnahm, blendend geeignet hätte. Sie blieb Gottfried Dienst vorbehalten, einem Schweizer mit schlichtem Namen und ebensolchem Gemüt, der das berühmteste Tor der Fußballgeschichte erst nicht, dann aber doch gab. Nur Heinrich Lübke sah den Ball im Tor. Deutschland verlor, aber seine Ehre war gerettet. Wo sonst, wenn nicht zu Hause, sollten die Engländer, die nie wieder auch nur in die Nähe eines WM-Finales gekommen sind, den Titel holen?

Die Geschichte ist noch nicht zu Ende. Bei der Weltmeisterschaft in Mexiko vier Jahre später standen sich Deutschland und England im Viertelfinale gegenüber. England führte 2:0, Beckenbauer und Seeler glichen während der regulären Spielzeit aus und ich fing wieder mit dem Rauchen an. Elf Minuten vor Schluss der Verlängerung schoss Gerd Müller das Siegtor in Leon. Die Revanche war gelungen. Bobby Charlton kommentierte nach dem Spiel mit abgründigem britischem Humor: »Wenigstens haben wir nicht so hoch verloren.«

Ein Jahrhundertspiel, schrieb die Presse, musste sich aber schon drei Tage später korrigieren. Man sollte mit Superlativen eben vorsichtig sein, insbesondere wenn zum Ende des Jahrhunderts noch drei Jahrzehnte fehlen.

Aber es kam noch schlimmer für das arme Albion. Bei der Europameisterschaft 1972 besiegten wir die Engländer zum ersten Mal im Wembley-Stadion, die dort seit sieben Jahren ungeschlagen waren. Bei der WM 1990 brauchten wir das Elfmeterschießen, um die Kerle im Halbfinale in die Knie zu zwingen. Ich habe das Spiel auf einer Geschäftsreise in einem Hotel in der Steiermark gesehen und mit meinem Kollegen die Minibars beider Zimmer geleert. Bei der Europameisterschaft 1996 hat die deutsche Nationalmannschaft das Kunststück ebenfalls im Halbfinale auf englischem Boden wiederholt.

»Fußball ist ein Spiel, bei dem zweiundzwanzig Spieler hinter dem Ball herlaufen, und am Ende gewinnt Deutschland«, sagte Gary Lineker.

Nach mehr als dreißig Jahren fand der Fußballgott dann, dass es genug der Strafe für den unverdienten Sieg bei der WM 66 sei. Er ließ England in der Vorrunde der ersten Europameisterschaft im neuen Jahrtausend Deutschland besiegen. Lange freuen konnten sich die Engländer nicht, sie schieden gemeinsam mit uns aus. In der Qualifikation zur WM in Japan und Korea trafen die alten Rivalen bereits im folgenden Jahr wieder aufeinander. Wir haben ihnen den Abschied von Wembley versalzen, dafür haben sie uns mit dem 5:1 von München ordentlich einen eingeschenkt. Ich hatte, um das Spiel im TV sehen zu können, eine Urlaubsreise nach Schweden verschoben und war so enttäuscht, dass ich mich unmittelbar nach dem Abpfiff mit hohem Fieber ins Bett legte. Spiele gegen England sind eben immer etwas Besonderes.

Zurück in das Jahr 1970 in das Aztekenstadion von Mexiko-City. Hier fand das auch nach meiner Meinung wirkliche Jahrhundertspiel der Deutschen gegen Italien statt. Die Italiener hatten ein frühes Tor erzielt und sich dann auf den von ihnen perfektionierten Catinaccio beschränkt. Unsere Jungs rannten in der offiziellen Spielzeit vergeblich einem Treffer hinterher. Der italienische Abwehrriegel stand, und wo er ins Wanken zu geraten drohte, wurde getreten, gestoßen, gekrallt und geklammert. Der Schiedsrichter war entweder blind oder bestochen, vermutlich beides. Mindestens zwei klare Elfmeter verweigerte er den Deutschen. Ich war außer mir vor Wut und Angst. Hätte ich einen Spaghettifresser in meiner Nähe gehabt, ich hätte ihn ohne die geringsten Skrupel mit der bloßen Faust erschlagen! Dann, in der Nachspielzeit, rutschte Schnellinger, ausgerechnet Schnellinger, der in Italien spielte, in einen Schuss von Grabowski. Ausgleich! In der Verlängerung konnte sich der an der Schulter verletzte Beckenbauer kaum auf den Beinen halten. Dennoch ging Deutschland durch Gerd Müller in Führung, dann glichen die Itaker aus und schossen noch ein weiteres Tor. Gerd Müller zog nach, doch schon im Gegenzug fiel das italienische 4:3. Unmittelbar danach kam der Schlusspfiff. So dramatisch und so unglücklich hat nie wieder eine deutsche Mannschaft verloren. Der Verlierer wurde von den Mexikanern mit Standing Ovations verabschiedet und holte anders als in Schweden als Trostpreis den dritten Platz. Ende der Heldensaga.

1972 waren die Deutschen bei der Europameisterschaft einfach zu überlegen, um den Stoff für ein Drama zu liefern. Nur in diesem einzigen Jahr konnten wir uns der Spielkultur Brasiliens oder Frankreichs ebenbürtig fühlen. Die Lichtgestalt Beckenbauer und Günther Netzer, der aus der Tiefe des Raumes kam, spielten überirdischen Fußball. Während der Franz zielstrebig seinen gesellschaftlichen Aufstieg verfolgte, wurde der unangepasste Mönchengladbacher zur Kultfigur mit wehenden blonden Haaren, voller Kreativität und Intelligenz, an der er uns heute noch bei seinen Analysen für die ARD teilhaben lässt. Die einzige Gefahr, die unserem Team beim Endspiel im Brüsseler Heysel-Stadion gegen die UdSSR drohte, kam von den deutschen Schlachtenbummlern, die nach dem Sieg das Spielfeld stürmten. So schnell habe ich noch nie eine Mannschaft in die Gänge fliehen sehen.

Schon bei der Weltmeisterschaft im eigenen Land waren die Deutschen nicht mehr Spitze. Das war Holland mit Johan Cruyff. In der Vorrunde verloren wir gegen die DDR in Hamburg. Ich habe den Zonis den Sieg gegönnt. Sie waren ein solcher Underdog. Ich habe nie begriffen, dass ein System, das aus siebzehn Millionen Einwohnern so viele Sportler zu Champions gemacht hat, im Fußball allenfalls Mittelmaß lieferte. Waren ihnen die Dopingmittel für die Kicker zu schade? Für uns hatte die Niederlage auch eine positive Folge: Von da an stellte Franz Beckenbauer die Mannschaft auf und konnte den Trainerjob schon einmal üben.

Ich bin nicht einmal ins Stadion gegangen, weil ich alle Spiele sehen wollte. Das tat ich auch, wobei ich zwischendrin häufig einschlief und nur merkte, weil die Spieler in die andere Richtung rannten, dass inzwischen Halbzeit gewesen war. Als das Spiel gegen Polen anstand, habe ich mich früh aus dem Büro geschlichen, um dann stundenlang im Stau zu stehen. Ich war verzweifelt! Endlich kam ich zu Hause an und stürzte zum Fernseher. Das Spiel hatte noch gar nicht begonnen! Nach dem Gewitter in Frankfurt musste erst der Platz trocken gewalzt werden, was aber nur unzureichend gelang. Die anschließende Wasserschlacht war von hoher Komik und endete mit dem gewünschten Ergebnis. Insgesamt war die WM eine recht langweilige Veranstaltung, und ich befürchte, dass dies 2006, wenn wieder wir Gastgeber sind, nicht viel besser sein wird. Auch das Endspiel riss mich nicht vom Stuhl, wenn man davon absieht, dass Schiedsrichter Taylor es zunächst nicht anpfeifen konnte, weil die Eck- und Mittelfahnen fehlten. Ausgerechnet die organisationswütigen Deutschen blamierten sich vor aller Welt! Gleich in der ersten Minute erarbeitete Hans-Hubert Vogts einen Elfmeter, indem er Cruyff zu Fall brachte. Mit dieser Aktion bewies unser Berti mehr Weitsicht als später als Trainer, denn nun schuldete Herr Taylor auch uns einen Strafstoß, den wir auch bekamen, als Hölzenbein sehenswert durch den Strafraum flog. Mit dem Breitner-Tor im Rücken gewann die Mannschaft so viel Selbstvertrauen, dass Gerd Müller noch in der ersten Halbzeit das Führungstor schoss. Danach haben nur noch die Holländer gespielt, aber den Cup bekamen wir. Die richtige Festtagsstimmung wie 1954 wollte sich jedoch nicht einstellen, zumal der DFB die geniale Idee hatte, den Spielerfrauen die Teilnahme am Bankett zu verweigern.

Dann kamen die Jahre des Niedergangs. Irgendwie schaffte es Deutschland 1976 dennoch in das Endspiel der Europameisterschaft gegen die CSSR. Nie werde ich den fassungslosen Blick von Uli Hoeneß vergessen, als er im Elfmeterschießen seinen Ball in den Nachthimmel von Belgrad jagte. Ein weiterer Höhepunkt aus diesen Jahren war die erste Niederlage gegen Österreich seit vierundvierzig Jahren in Cordoba bei der WM in Argentinien. Ich war auf Urlaub in Devon, das dem Reim »Devon, beautiful Devon, rains six days out of seven« alle Ehre machte, so dass ich keinen Grund hatte, nicht vor dem Fernseher zu sitzen. Begeistert hat mich keines der Spiele unserer Mannschaft, im Gegensatz zu der Rundfunkreportage von Eddi Finger, die ich erst viel später hören sollte. »Abramczik, abbusseln möcht ich den Abramczik. Der brave Abramczik!« Das war, als der Piefke die letzte Ausgleichschance gegen Österreich vergab. Neulich habe ich Finger vor der Hofburg in Wien ein Spaßtennisturnier kommentieren sehen. Ganz schön füllig ist er geworden, der gute Eddi! Aber wer im Glashaus sitzt …

Seither bemühe ich mich, Begegnungen gegen die Alpenrepublik möglichst im österreichischen Fernsehen zu sehen und vor allen Dingen zu hören. Auch vier Jahre später gelang es Deutschland und felix Austria bei der WM 1982 in Spanien, ihre Begegnung zu einem denkwürdigen Spiel werden zu lassen. Die Deutschen hatten überraschend das erste Spiel gegen Algerien verloren und brauchten unbedingt einen Sieg, um weiterzukommen. Österreich reichte eine knappe Niederlage für die nächste Runde. Nach dem deutschen 1:0 in der elften Minute passierte nichts mehr, jedenfalls auf dem Rasen. Die Zuschauer tobten, riefen »Schiebung« und winkten mit weißen Taschentüchern. Auf den Tribünen kam es zu Tumulten. Der Nichtangriffspakt von Gijon ging in die Geschichte ein. Ich habe mich für unsere Mannschaft geschämt – nicht zum letzten Mal.

Gegen Frankreich im Halbfinale von Sevilla zeichnete sich der Torwart Toni Schumacher durch ein brutales Foul an Battiston aus, der mit einem Wirbelbruch und zwei verlorenen Zähnen vom Platz musste. Der Toni hielt es nicht für notwendig, sich zu entschuldigen, und bot stattdessen an, die Kosten einer Jacketkrone zu übernehmen. In der Verlängerung führte Frankreich bereits mit 3:1, bevor Deutschland durch Tore von Rummenigge und Klaus Fischer ausgleichen konnte. Im ersten Elfmeterschießen der WM-Geschichte verhalf ausgerechnet Schumacher, der zweimal hielt, den Deutschen zum Sieg. Kein Wunder, dass Michel Platini, der große Spielmacher seiner Zeit, niemals unser Freund wurde! Das Finale verlor Deutschland gegen ein überlegenes Italien, dessen Sieg die gesamte Welt erleichterte.

Trotz der Vize-Weltmeisterschaft und der zwei Jahre zuvor zum zweiten Mal gewonnen Europameisterschaft riss die Kritik an dem deutschen Trainer Jupp Derwall nicht ab, der es niemals mit der Popularität des sensiblen Sachsen Helmuth Schön und erst recht nicht mit der des »Chefs« Sepp Herberger aufnehmen konnte. Ich weiß auch nicht mehr, warum wir den jovialen, dicken und fröhlichen Mann nicht mochten. Wahrscheinlich war es der fehlende WM-Titel. Wir neigen dazu, die Möglichkeiten unserer Mannschaft zu überschätzen. Als Deutschland bei der EM 1984 in Frankreich bereits in der Vorrunde ausschied, war Derwall fällig. Beckenbauer, der keine Trainerlizenz hatte, wurde Teamchef, und Deutschland atmete auf.

Bei der Weltmeisterschaft 1986, die zum zweiten Mal in Mexiko stattfand, habe ich auf dem Bett eines New Yorker Hotels mit meiner Freundin Ulrike das beste Fußballspiel meines Lebens gesehen: Brasilien gegen Frankreich im Viertelfinale. Es war ein atemberaubender Kampf mit ständigem Szenenwechsel und dem glücklicheren Ausgang für die Franzosen im Elfmeterschießen. Nachsitzen mussten auch die Deutschen, die das Elfmeterschießen gegen Mexiko wieder dank Toni Schumacher gewannen. Die einzige Mannschaft, die in dieser Runde den Sieg in regulärer Spielzeit erringen konnte, war Argentinien, allerdings nicht mit regulären Mitteln. Die »Hand Gottes«, die in Wahrheit die Diego Maradonas war, entschied das Spiel gegen die Engländer. Im Finale konnte Deutschland einen 2:0-Rückstand gegen die Argentinier aufholen und verlor dann doch. Diesmal wurde die Vizemeisterschaft wie ein Sieg gefeiert. Es macht eben einen Unterschied, ob ein »Häuptling Silberlocke« oder der Kaiser sie erringt. Später traute sich der Spieler Förster zu sagen: »Wir sind trotz Beckenbauer Zweiter geworden.«

Vier Jahre danach waren für mich die Italiener der Favorit im eigenen Land. Bei dem Spiel der Deutschen gegen den Erzrivalen Holland wollte ich diesmal dabei sein und reiste am Abend vorher an. Im Hotel traf ich auf ein paar verstörte Iren, die sich über den Austragungsort des Spiels ihrer Mannschaft geirrt hatten. Auf dem Domplatz in Mailand war ich zum ersten Mal froh, Deutscher zu sein. Den Springbrunnen hatten unsere Fans besetzt, die aggressive Parolen gegen die Holländer ausstießen. Diese kauerten auf den Stufen der Kathedrale und wirkten eingeschüchtert. Am nächsten Tag konnte ich in Mailand das Verbot, Alkohol auszuschenken, umgehen, indem ich in einem Restaurant zu einer Portion Spaghetti eine Flasche Rotwein bestellte. Beschwingt nahm ich in meinem Taxi drei Mädchen in Oranje-Trikots mit, die in der Nacht von Rimini hoch getrampt waren, um das Spiel ihrer Mannschaft zu sehen. Ich bezweifle, dass ihnen das gelungen ist, denn sie hatten keine Karten und das Stadion war ausverkauft. Ich hingegen konnte mich bester Laune auf meinen Platz setzen und den Song zur WM von Gianna Nannini »Un estate italiana« genießen. Nach und nach füllten sich die Ränge um mich herum. Alles in Orange! Schließlich klärte mich ein Holländer auf, dass ich versehentlich in ihrem Block saß und führte mich zu meinem Platz. Es war wohl doch etwas viel Wein gewesen. Die Deutschen, deren überragender Spieler Jürgen Klinsmann war, spielten gut und gewannen. Die Rückfahrt mit der Straßenbahn trat ich inmitten einer holländischen Gruppe an, die sich friedlich zeigte. Es sind eben doch die netteren Fans. Am nächsten Morgen in der Maschine nach München sagte Sepp Maier: »Super hat er gespielt, der Klinsmann!« Inzwischen hat sich seine Begeisterung für Klinsi deutlich gelegt.

Eine Woche später war ich wieder in Mailand. Die Atmosphäre in der Stadt hatte sich verändert, von brodelnder Aggressivität war nichts zu spüren. Nur ein paar kleine tschechische Fan-Grüppchen zogen durch die Stadt. Entsprechend langweilig war das Spiel, das von lang gezogenen »Ruuudi«-Rufen für den gesperrten Völler begleitet wurde. Nur in der Pause konnte ich mich aufregen bei der Abwehr des Versuchs, meine Brieftasche zu stehlen. Ich beschloss die Rückkehr zum Fernsehen. Im Halbfinale gewann Argentinien gegen Italien genauso wie wir im Elfmeterschießen, so dass es zum ersten Mal in der WM-Geschichte zu einer Wiederholung des vorangegangenen Finales kam. Ebenfalls als Premiere traten die drei Tenöre am Vorabend des Endspiels in den Caracalla-Thermen gemeinsam auf und sollten sich von nun an von Finale zu Finale schleppen. Diesmal siegte Deutschland gegen das ersatzgeschwächte Argentinien, das auch noch zwei rote Karten erhielt, wieder einmal mit einem geschenkten Elfmeter. Dennoch jubelten wir mehr als 1974. Wahrscheinlich war es die Euphorie der Wiedervereinigung. Unvergesslich sind die Bilder des weinenden Maradona und des allein seine Runden auf dem Rasen des römischen Olympiastadions drehenden Franz Beckenbauer. Da habe ich es dann doch bereut, nicht dort gewesen zu sein.

Beckenbauer trat wie angekündigt als Team-Captain zurück und analysierte scharfsinnig, dass nach dem Hinzustoßen der Spieler der früheren DDR »die deutsche Mannschaft auf Jahre hinaus nicht zu besiegen sein wird«. Welcher Hochmut und welch ein

Irrtum! Sein Nachfolger wurde Berti Vogts. Ich war überzeugt, dass er aufgrund seiner begrenzten spielerischen Möglichkeiten besser als der geniale Beckenbauer ein schlagkräftiges Team aus normalen Vertretern deutscher Fußballkunst formen würde. Auch ich sollte mich irren!

Bei der Europameisterschaft 1992 in Schweden schien die deutsche Mannschaft das Glück gepachtet zu haben. Thomas Hässler konnte im Auftaktspiel gegen die GUS-Staaten die Niederlage eine Minute vor Abpfiff mit einem Freistoßtor abwenden. Beim letzten Spiel der Vorrunde, das wir gegen die Niederlande verloren, drohte Deutschland das Ausscheiden, doch der Videotext beruhigte meine Nerven. Die braven Schotten schlugen die GUS 3:0 und sorgten dadurch für unseren Einzug als Gruppenzweiter ins Halbfinale. Nachdem wir dort auch den Gastgeber Schweden bezwungen hatten, schien alles klar. Überraschend hatte Dänemark unseren Angstgegner Holland ausgeschaltet – dieselben Dänen, die sich nicht qualifiziert hatten und die nur durch den Ausschluss Jugoslawiens wegen des Balkankriegs aus ihrem Badeurlaub zur EM geholt worden waren. Bekanntlich verloren auch wir gegen das »Danish Dynamite«. Ich habe mich für die Dänen gefreut, denn wenn Deutschland schon verliert, dann am liebsten gegen diese sympathische Mannschaft. Mein dänischer Mitarbeiter, der nach der vermasselten Qualifikation trotzig auf Dänemark als Europameister gewettet hatte, wurde ein reicher Mann. Meinem Freund Poul Svendsen konnte ich nach dem Spiel nicht gratulieren, weil alle Leitungen in unser nördliches Nachbarland besetzt waren.

Bei der WM 1994 in den USA hatte ich ein ungutes Gefühl. Stefan Effenberg musste nach Hause fahren, weil er dem Publikum den »Stinkefinger« gezeigt hatte und spielte nie wieder für Deutschland. Im Halbfinale drohte Italien. Bulgarien im Viertelfinale zu bezwingen, war nur eine Formsache. Erwartungsgemäß ging Deutschland durch einen von Lothar Matthäus verwandelten Elfmeter in Führung. Dann geschah das Unfassbare: Die Bulgaren glichen aus und schossen dann noch ein Tor. Bis zum Schluss glaubte ich, die Deutschen mit ihrem sprichwörtlichen Glück könnten das Spiel wenden. Wir spielten zwar keinen guten Fußball, waren aber eine Turniermannschaft. Das Halbfinale war Minimum. Während der letzten Minuten begann sich meine Ehefrau Ricarda auf die Seite von Nick Boultwood zu schlagen, der als Engländer aus Prinzip gegen die Deutschen ist, obwohl oder weil er in diesem Land geboren ist und mehr als vier Jahrzehnte hier verbracht hat, und die Bulgaren anzufeuern. Ich habe sie als Vaterlandsverräterin beschimpft. Es dauerte naturgemäß nicht mehr lange, bis wir geschieden waren. Zu begreifen, dass die Zeit, in der Deutschland die Erfolge gepachtet hatte, endgültig vorüber war, war ein schmerzhafter Prozess. Meine Frau war nicht die Einzige, die des Verrats bezichtigt wurde. Die »Bild«-Zeitung plädierte: »Berti, bitte geh!«

Zur Europameisterschaft 1996 in England fuhr ich wieder hin. Ich hatte mir vom DFB Karten für die Vorrundenspiele der Deutschen in Manchester und für das Finale besorgt. Was auch immer die Deutschen erreichen würden, in jedem Fall wären Old Trafford und Wembley ein Erlebnis. Zum ersten Spiel gegen die Tschechen ließ ich die Karte verfallen, als ob ich geahnt hätte, dass ich noch eine Gelegenheit bekommen würde, diese Paarung live zu verfolgen. Beim Flug nach Manchester wurden schon in Frankfurt einige »Fans« von der Polizei entfernt. Während meiner Landung platzte die Bombe, im wahrsten Sinne des Wortes. Terroristen hatten in der Innenstadt von Manchester einen Anschlag verübt. Davon wusste ich natürlich noch nichts, sondern war nur beeindruckt von der Effizienz der britischen Polizei, die uns zunächst nicht aussteigen ließ und noch an Bord einige potentielle Randalierer festnahm. Als wir endlich das Flugzeug verlassen durften, mussten wir durch einen schmalen Korridor, in dem jeder Ankömmling gefilmt wurde.

Ich hatte mir ein Hotel mit Golfplatz in der Nähe von Manchester ausgesucht, um zwischen den Spielen auch selbst ein wenig sportlich aktiv zu werden. Das war ein ausgesprochener Glücksgriff, denn dort wohnten auch die DFB-Funktionäre und, was viel entscheidender war, die Frauen der deutschen Spieler. Folglich erschien auch die Nationalmannschaft in ihren freien Stunden und das war gut, denn deren Hotel war völlig abgeriegelt. Olli Kahn spielte in einem schwarzen Trainingsanzug Golf. Dazu hatte er die Zeit, denn er war noch nicht die Nummer eins. Das war Köpke, der eng umschlungen mit seiner Frau durch den Park wanderte. Die Spielerfrauen hatten eines gemeinsam: das Handy, das bereits beim Frühstück neben der Kaffeetasse lag. Wahrscheinlich mussten sie für ihren Schatz immer erreichbar sein. Ansonsten teilten sie sich in zwei Gruppen. Da waren zum einen die Frauen, die bereits seit den Amateurzeiten verheiratet waren, unauffällig, oft handfest und humorvoll. Die Generation der Nachfolgefrau für den arrivierten Spieler war blond und hatte Modelcharakter. Am besten gefiel mir Frau Klinsmann, die sich meist abseits von den anderen hielt. Einmal bin ich mit ihr allein im Fahrstuhl gefahren. Himmlisch!

Die Funktionäre droschen abends Skat mit Richard

Stücklen. Das hatte ich erwartet. Tagsüber spielten auch sie Golf, und zwar mindestens eine Klasse besser als ich. Damit hatte ich nicht gerechnet – nicht weil ich so gut bin, sondern weil ich denen sportlich überhaupt nichts zutraute. Aber eigentlich ist Golf ja auch kein Sport. Der unvermeidliche Franz Beckenbauer schaute vorbei und plauderte locker Dampf. Mit seinem lichter werdenden Haar und der kleinen Aktentasche sah er aus wie ein Handelsvertreter. Bei Aktiven, die vor einem Spiel abends noch bei uns rumhingen, konnte man sicher sein, dass sie am nächsten Tag nicht auflaufen würden.

Ich fuhr schon am Morgen der Begegnung mit Russland nach Manchester. In einem belebten Kreisverkehr würgte ich meinen Mietwagen ab, weil ich den Gang mit der linken Hand nicht eingelegt bekam. Ich hatte natürlich die Fernsehberichte über die Schäden in der Innenstadt gesehen, aber die Realität war beeindruckender. Ein ganzes Stadtviertel war abgesperrt, die Sirenen von Alarmanlagen schrillten immer noch, überall lagen Splitter. Dutzende von Glaserfahrzeugen waren unterwegs, um wieder Scheiben einzusetzen. Das Handwerk muss einen ungeheuren Boom gehabt haben.

Old Trafford ist bullig und kompakt. Man sitzt direkt über dem Rasen. Ich kenne als vergleichbares Stadion in Deutschland nur den Bökelberg. Die neu erbauten Arenen sind vermutlich ähnlich. Ebenso beeindruckend wie das Stadion ist die professionelle Vermarktung von Manchester United. Es gibt ein ManU-Museum und natürlich alle erdenklichen Variationen von Fan-Artikeln. Dabei ist der wahre Mancunian Manchester-City-Anhänger.

Das Spiel gegen die Russen brachten wir locker über die Bühne. Hinterher traf ich meinen Freund Axel

Smend mit seinem Sohn und verfolgte mit den beiden in einem Hotel auf einer Großbildleinwand auch die anderen Spiele. Alle feierten, auch die Russen, es gab keine Hooligans und auch keine weiteren Attentate.

Zwischen den Spielen fuhr ich nach Cheltenham, wo meine Tochter Antonia im Internat war. Sie hatte nur Ausgang bis viertel nach neun und so konnte ich mir in einem Pub ein Spiel der englischen Mannschaft ansehen. Ich habe selten eine so aufgeheizte, aber auch fröhliche Stimmung erlebt. Das Bier floss in Strömen und wurde entsprechend entsorgt, auf der Toilette stand das Wasser zentimeterhoch. Die Engländer besiegten die Holländer 4:1. »Football's coming home« wurde gegrölt und jeder war überzeugt, dass es nur einen denkbaren Europameister geben konnte: die Heimmannschaft. Im Endspiel gegen Deutschland natürlich. Ich gab den Engländern eine Probe deutschen Mutes, indem ich englisches Rindfleisch verzehrte. Ich erntete dafür Schulterklopfen, das zu fortgeschrittener Stunde in allgemeiner Verbrüderung endete. Da gestand mir ein Engländer lallend, dass man am liebsten gar nicht gegen die »Krauts« spielen würde. Es war einer meiner größten Momente. Wie ich in mein Hotel gekommen bin, weiß ich nicht mehr.

Vor dem Spiel gegen die Italiener schaute ich mir Old Trafford von außen an. Vor dem italienischen Fan-Block hielt ein Bus mit den deutschen Farben. Ihm entstieg Bernd Trautmann, der langjährige deutsche Torhüter von Manchester United, danach kam Helmut Kohl. Die Italiener spendeten dem deutschen Kanzler höflich Beifall. Ob sie das nach dem Spiel auch getan hätten, weiß ich nicht. Italien, das unbedingt einen Sieg zum Weiterkommen brauchte, rannte unaufhörlich gegen das deutsche Tor an, das Köpke bis zur letzten Minute sauber hielt.

Die nächsten Spiele sah ich wieder im Fernsehen. Deutschland besiegte die ruppigen Kroaten, die Klinsmann schwer verletzten, England kämpfte Spanien im Elfmeterschießen nieder. Die englische Boulevardpresse schaltete sofort von antispanischen Hasskampagnen auf Tiraden gegen die Deutschen über. Darin sind sie ohnehin geübter. Der von Southgate verschossene Elfmeter stieß das Land in einen Abgrund der Trauer.

Zum Endspiel in Wembley versuchte ich Tochter Antonia zu mobilisieren, denn Karten waren jetzt natürlich wieder zu haben, aber sie gab vor, für die Schule lernen zu müssen. Dann rief ich eine Frau an, die ich wenige Wochen zuvor in einer Kölner Aufführung von Goethes »Faust« kennen gelernt hatte, eine Kunsthistorikerin, ein Blaustrumpf, der noch nie in seinem Leben ein Fußballspiel gesehen hatte. Sie kam sofort nach London. Heute sind wir verheiratet! Damals saßen wir getrennt, ich im deutschen Fan-Block, sie unter den Engländern, die trotz allem gekommen waren. Wieder waren die Sicherheitsmaßnahmen beeindruckend. Auf dem Weg ins Stadion mussten wir durch Reiterstaffeln, die so eng beieinander standen, dass jeweils nur ein Fan zwischen zwei Pferde passte. Da vergeht auch dem hartgesottensten Hooligan der Gedanke an Krawall. Auf dem Gang zu meinem Platz stand Marcel Reif wenige Schritte vor mir, ebenfalls mit neuer Lebensgefährtin. So etwas verbindet. Vor Spielbeginn stapfte zwischen lauter Offiziellen auch eine kleine, grün gekleidete Frau über den heiligen Rasen. Ich fragte mich, was die da wohl zu suchen hatte. Später habe ich im Fernsehen gesehen, dass es die englische Königin war. Überraschend gingen die Tschechen in Führung, aber Bierhoff konnte ausgleichen. Als es bei uns auf der Tribüne etwas lauter wurde, baute sich eine Hundertschaft britischer Polizisten mit dem Gesicht zu den deutschen Fans auf, die Arme über der Brust verschränkt, die Züge entschlossen. In der fünften Minute der Verlängerung kugelten alle deutschen Spieler übereinander und mir wurde klar, dass Deutschland zum dritten Mal Europameister war. Oliver Bierhoff hatte das »Golden Goal« geschossen. Wir sangen »We are the champions« und machten mit Berti »la Ola«. In diesem Augenblick liebten wir ihn, zum ersten und letzten Mal.

Am Eingang traf ich meine Freundin wieder. Sie hatte zwischen einem Rudel britischer Fans gesessen und war als Fremdkörper entlarvt worden, als sie die englische Nationalhymne nicht mitsang. Das Deutschlandlied hatte sie nur leise zwischen den Zähnen gesummt, war aber doch als der Erzfeind geoutet worden. Nach der tschechischen Führung sangen die Briten »So, you are not singing anymore!« und drohten mit den Fäusten an ihrem Gesicht vorbei in Richtung des deutschen Blocks. Einer meinte, sie solle das nicht persönlich nehmen, aber leider sei sie nun einmal eine verdammte Deutsche. Nach dem Schlusspfiff erntete sie ein anerkennendes »Well done!« und einen Schlag auf die Schulter, der sie in die Knie gehen ließ. Die Engländer verließen sofort das Stadion. Renate, so heißt die Dame, stand allein auf der Tribüne wie einst Franz Beckenbauer auf dem Rasen Roms und überraschte sich selbst damit, dass sie »Berti, Berti!«-Rufe ausstieß.

1998 rief das niemand mehr. Wir fuhren nach Lens zum WM-Vorrundenspiel der Deutschen gegen Jugoslawien. Nach den strikten Sicherheitsvorkehrungen in England war ich erstaunt, dass wir zwei Grenzen ohne irgendeine Kontrolle passieren konnten. Als wir um zwölf Uhr mittags ankamen, war die Hauptstraße fest in der Hand von Deutschen, von denen die meisten bereits angetrunken waren. »Deutschland den Deutschen!« und »Ausländer raus!« war zu hören, was mir schon zu Hause die Nackenhaare hochstellt, in einer französischen Stadt aber völlig absurd wirkte. Auf dem Weg zum Stadion flogen auf dem Platz, wo später der französische Gendarm Nivel fast das Leben verlor, Flaschen durch die Luft. Wir flüchteten, ich ins Stadion und Renate, die keine Eintrittskarte bekommen hatte, in eine Kneipe, in der sie zusammen mit Kroaten in »Suker«-Trikots das Spiel ansah. Die gemeinsame Front gegen die Serben war selbstverständlich. Wenig später sollte die deutsch-kroatische Harmonie allerdings Risse bekommen, als die Söhne Zagrebs der Nation, der sie durch Hans-Dietrich Genscher ihre verfrühte Unabhängigkeit verdankten, wenig Dankbarkeit zeigten.

Vom Jugoslawien-Spiel habe ich in Erinnerung, dass nur noch eine Viertelstunde zu spielen war, als Deutschland durch ein Eigentor der Anschlusstreffer gelang. Bis dahin hatten die Serben unsere Mannschaft alt aussehen lassen. Bierhoff schaffte irgendwie den Ausgleich. Danach lag eine drohende Stimmung über der Stadt, obwohl die Franzosen mit Bands, die durch die Straßen zogen, versuchten, Aggressivität herauszunehmen. Wir sahen zu, dass wir Lens so schnell wie möglich hinter uns ließen. Da viele die gleiche Idee hatten, ging es nur im Schritttempo vorwärts. In dem Wagen vor uns saßen Jugoslawen, die uns den Hitlergruß entgegenstreckten. Einer spuckte mehrfach in unsere Richtung. Entnervt brüllte ich »Kosovo« und hoffte, dass die Kolonne nicht zum Stillstand kommen würde.

Deutschland besiegte Mexiko mit viel Glück und spielte im Viertelfinale gegen Kroatien. Zunächst lieferte die deutsche Mannschaft das beste Spiel dieser Weltmeisterschaft, geriet gegen Ende der ersten Halbzeit aber zunehmend unter Druck. Als Wörns vom Platz flog, war es vorbei. Deutschland verlor 0:3, eine der höchsten Niederlagen seiner WM-Geschichte. Vogts verschwand ohne Gratulation an den Gegner in den Katakomben und verstieg sich in hirnrissigen Verschwörungstheorien. Zwei Monate später war er nicht mehr Trainer.

Als unverbesserlicher Optimist hatte ich Karten für die Spiele um den dritten und den ersten Platz. Zu Holland gegen Kroatien kam ich in Orange und mit der Hoffnung, dass die Niederländer uns rächen würden. Weit gefehlt, die Kroaten erteilten eine Lektion im Konterfußball. Zum Finale hatte ich die Farben der Equipe Tricolore gewählt und lag diesmal richtig. Wir saßen hoch oben im Stade de France. Rechts von uns die Brasilianer, ausgelassen feiernd, mit halbnackten Frauen, wie man das von ihnen kennt. Ihr Team ersparte sich das Aufwärmen. Die Franzosen sangen: »Wo sind sie, wo sind sie, die Brasilianer?«

Auch nach dem Anpfiff schienen sie nicht auf dem Platz zu sein. Die Ballkünstler um Zinedine Zidane schlängelten sich mühelos durch die brasilianischen Reihen und schon zur Pause stand es 2:0. Von Ronaldo war weit und breit nichts zu sehen. Der brasilianische Block tanzte nicht mehr Samba und starrte in sprachlosem Entsetzen auf das Spielfeld. Ich trällerte »Allez, les Bleus!« und fühlte mich hinterher auch ein wenig als Sieger. Frankreich war im Freudentaumel. Was sich auf den Straßen abspielte, wäre in Deutschland auch bei gleichzeitigem Gewinn der Welt- und Europameisterschaft undenkbar. Das Multi-Kulti-Modell wurde gefeiert und schien eine Zeit lang alle Probleme zu lösen, welche die Grande Nation mit ihren arabischen und schwarzen Minderheiten hat. Wer sollte dieser Supermannschaft in Zukunft den Titel streitig machen, spekulierten die französischen Zeitungen. Ich fühlte mich an Beckenbauer im Jahre 1990 erinnert.

Zunächst schienen sie Recht zu behalten. Frankreich wurde zwei Jahre später auch Europameister, eine Kombination, die erstmals den Deutschen gelungen war, allerdings in umgekehrter Reihenfolge. Deutschland hingegen schied bereits in der Vorrunde aus. Ich bin nach dem 2:0 der Portugiesen zum ersten Mal während eines Spiels unserer Mannschaft zu Bett gegangen und verpasste das dritte Tor. Am nächsten Morgen prophezeite ich unserem portugiesischen Concierge, sein Land werde mit Figo den Titel gewinnen. Er wehrte ab, bescheiden oder einfach nur klüger als ich. Der freundliche Pensionär Ribbeck, der immer ein bisschen wie ein Verkäufer für Herrenmode wirkte, konnte sich wieder ganz dem Golfspiel widmen. Diesmal versuchte der DFB einen echten Neuanfang und holte mit Christoph Daum einen Profi als Trainer. Da der noch für ein drei viertel Jahr in Leverkusen festsaß, machte Rudi Völler den Interims-Teamchef, mit Michael Skibbe an seiner Seite, der die Trainerlizenz besaß. Diese Konstellation hatten wir doch schon einmal! Das befreiende 4:1 gegen Spanien in Hannover hat auch mich in Paris erlöst. Man konnte als Deutscher wieder erhobenen Hauptes durch die Straßen gehen. Dann kam ein neuer Rückschlag. Hoeneß ließ in verklausulierten Formulierungen durchblicken, dass Daum kokainsüchtig sei. Ich hätte ihn erwürgen können. Der Uli wollte doch nur dem Meisterschaftskonkurrenten Leverkusen eins auswischen. Später, nach dem aberwitzigen Haartest, mit dem Daum sich selbst ad absurdum führte, musste ich dem Manager der Bayern Abbitte leisten. Letztlich erwies sich die Völler-Lösung als Glücksfall für die deutsche Mannschaft, auch wenn sie zur Qualifikation für die WM 2002 erstmals durch die Relegation musste.

Ich habe alle 64 Spiele in Japan und Südkorea bei Premiere gesehen, mit der Folge, dass ich mich kaum an eines genauer erinnern kann. Vom glanzlosen Auftritt des Weltmeisters, der nach Hause fuhr, ohne ein einziges Tor geschossen zu haben, bleibt nur die Schadenfreude im Gedächtnis, die sich auch einstellte, als der Mitfavorit Argentinien und Kroatien nach der ersten Runde ausschieden. Dagegen empfand ich beim Scheitern des hoch gehandelten Portugals nur Mitleid. Den Spielern von Südkorea, die uns die Stolpersteine Italien und Spanien jeweils in der Nachspielzeit aus dem Weg räumten und dann gegen Deutschland so erschöpft waren, dass sie uns nichts mehr entgegenzusetzen hatten, werde ich ewig dankbar sein und gönne ihnen daher auch den Sieg gegen uns in dem Testspiel der Asienreise im Dezember 2004. Unvergesslich ist auch die Stille in den japanischen Stadien, die so sehr im Kontrast zu der schrillen Begeisterung in Korea stand.

Und Deutschland, dessen offizielles Ziel es war, die erste Runde zu überstehen? Die Deutschen spielten so wie immer. Es gab einen Kantersieg von 8:0 gegen die Fußballgroßmacht Saudi-Arabien, ein glückliches Unentschieden gegen ein begeisterndes Irland und einen Sieg gegen Kameruns Löwen. Danach schossen wir nur noch ein Tor pro Spiel, aber es reichte. Kampfgeist, Glück und Olli Kahn brachten uns ins Finale gegen Brasilien. Dort machte die deutsche Mannschaft ihr bestes Spiel, aber Fortune und King Kahn verließen uns. Der erste grobe Patzer von Olli bescherte Ronaldo ein Abstaubertor und er machte noch eins, während

sich die Deutschen verzweifelt um den Ausgleich be-
mühten. War dies die Kompensation dafür, dass wir
den Weg in das Finale über Mannschaften von inter-
nationalem Renommee wie Paraguay, USA und Korea
machten? Vielleicht. Wahrscheinlich war es aber das
Fehlen von Ballack, dem besten deutschen Feldspie-
ler, der im Finale gesperrt war. Während des Spiels
geriet nicht nur unsere Nationalmannschaft, sondern
auch meine zweite Ehe ins Wanken. Es scheint, dass
Weltmeisterschaften Gift für meine Partnerbeziehun-
gen sind. Und das kam so: Meine Frau bestand darauf,
am Tag des Endspiels an der Kommunion ihrer katho-
lischen Patentochter in Zürich teilzunehmen. Zwar
ist dieses Kind mit Namen Vita der größte Experte
in Bundesligafußball, der mir in meinem Leben begegnet ist, aber dennoch raste ich. Die Dame meines
Herzens ist Nachfahrin von Hugenotten, deren Glau-
bensgenossen in der Bartholomäusnacht auf Geheiß
der Katholikin Katharina von Medici dahingemetzelt
wurden und die nach dem Widerruf des Ediktes von
Nantes, mit dem Henri IV. die Religionsfreiheit garan-
tiert hatte, Frankreich verlassen hatten. Schon deswegen sollte sie eigentlich nicht an den Riten der Ver-
folger ihrer Ahnen teilnehmen. Den Wankelmut im
Glauben hätte ich noch toleriert, aber dass sie mich
an diesem wichtigsten Tag seit zwölf Jahren im Stich
ließ, setzte dem Ganzen die Krone auf. Gut, niemand
hatte ahnen können, dass Deutschland im WM-Finale spielen würde und sie hatte schon vor Wochen
zugesagt. Aber gerade bei kritischen Konflikten erwartet man von seiner Gefährtin die Wahl der richtigen
Prioritäten. Stattdessen forderte sie mich auf, sie nach
Zürich zu begleiten. Das hätte mir noch gefehlt, im
Kreise schadenfroher Schweizer den Untergang unseres Teams mitzuerleben und Opfer eidgenössischen

Hohns zu werden. Renate blieb hart und fuhr. Nach dem Spiel wartete ich vergeblich auf ihren Anruf und Trost. Sie behauptete später, sie habe nicht den Blitzableiter für mich spielen wollen. Genau das ist es: An wem sollte ich meinen Frust auslassen, wenn nicht an ihr? Männer und Frauen sind eben prinzipiell nicht dazu geeignet, das Leben miteinander zu verbringen. Ich denke, dass ich in Zukunft mit einem Mann zusammenleben werde, auch wenn dann die Wohnung dreckiger und das Essen nicht so gut ist. Was sind schon diese Nebensächlichkeiten, wenn einem dieselben Dinge wichtig sind?

Inzwischen hat Zürich der Frau, mit der ich zu meiner eigenen Überraschung immer noch vermählt bin, die erste persönliche Begegnung mit dem Kaiser beschert. Unsere Zürcher Freunde sind zwar in der Mehrheit katholisch, aber haben in dem Familienoberhaupt Markus auch einen Verteidiger lokalen Brauchtums. So gehört er der Zunft der Schmiede an, was für einen Rechtsanwalt überraschend ist, aber mit der Tradition begründet wird, die in der Schweiz vor allem kommt. Einmal im Jahr gibt es eine Parade der Zünfte, die auf Deutsch »Sechs-Uhr-Läuten« heißen würde, in dem Idiom der Eidgenossen aber durch einen unverständlichen Schnarchlaut bezeichnet wird. Was man da feiert, ist mir bis heute unverständlich geblieben, im Gegensatz zu meiner Angetrauten bin ich noch nie dabei gewesen. Aus ihren bruchstückhaften Schilderungen konnte ich jedenfalls entnehmen, dass es bei dem Umzug zu regelrechten Schlachten mit geworfenen Fischen kommt, deren Eingeweide sich blutig auf die Teilnehmer ergießen. Da schaudert jemand wie ich, der diesen Tieren selbst bei Mahlzeiten nicht begegnen möchte. Bei einer solchen Gaudi durfte der Franz selbstverständlich nicht fehlen. Als er im Korso als Ehrengast auf Renate zumarschierte, wettete ihre Freundin Martina mit ihr, dass sie sich nicht trauen würde, die Lichtgestalt anzusprechen. Selbstverständlich hatte meine Frau den Mut, denn wer bereit ist, mit mir die Ehe einzugehen, den schreckt auch sonst nichts, und sie sagte den verabredeten Satz: »Herr Beckenbauer, lassen Sie mich Ihre Kaiserin für einen Tag sein!«

»Moch'n mer!«, sagte seine Hoheit leutselig und wollte ihr einen Kuss ins Gesicht drücken, den sie angeblich durch ein schnelles Drehen des Kopfes vermied.

Gegen Brasilien zu verlieren ist keine Schande. Ich bin froh, dass uns die Türkei als Finalgegner erspart blieb. Der Vizeweltmeister wurde jedenfalls gefeiert wie damals in Mexiko unter Beckenbauer. Und der hat vier Jahre später den Titel geholt. Das sollte Völler auch gelingen, schließlich findet die WM in Deutschland statt. Alles klar, oder?

Ob unsere Mannschaft 2006 Weltmeister wird, steht in den Sternen, auf jeden Fall wird sie es nicht mit Rudi. Nach einer mühevollen Qualifikation zur Europameisterschaft 2004 mit Weltklassegegnern wie den Färöer Inseln, Island, Litauen und last but not least Bertis Schotten schied Deutschland bereits in der Vorrunde aus. Erst ein ehrenvolles Unentschieden gegen Holland, dann war es uns nicht möglich, die Letten zu besiegen und schließlich verloren wir gegen die Tschechen, die mit ihrer B-Elf antraten. Völler, dem niemand die Verantwortung für das Scheitern gab im Gegensatz zu seinem Assistenten Skibbe, dem »Fehlerflüsterer«, trat zurück. Inzwischen scheint das bei ihm zur Gewohnheit zu werden. Nachdem er den AS Rom nach weniger als einem Monat verließ, weil die Dinge nicht so liefen, wie er sich das vorgestellt hatte, beginne ich mich zu fragen, welche Führungsqualitäten ein Mann hat, der immer dann kneift, wenn es unangenehm wird. Doch die italienischen Massen und Medien scheinen ihm genauso wenig übel zu nehmen, wie er es aus Deutschland gewohnt war. Ein gerader, ehrlicher Arbeiter, der sich schon durch die unsägliche Mini-Pli-Frisur zu seiner Herkunft aus dem einfachen Volk bekennt, kommt eben bei diesem gut an.

Nach einer Suchfarce, in der mir die Namen Hitzfeld, Rehhagel, der Überraschungseuropameister mit Griechenland, und Matthäus einen kalten Schauer nach dem anderen über den Rücken jagten, während ich mir Arsène Wenger, Gus Hiddinck und Morten Olsen als internationale Beigabe schon wesentlich besser hätte vorstellen können, wurde Jürgen Klinsmann Teamchef, mit Jogi Löw als Trainer und Oliver Bierhoff als Manager. Die Spätzle-Connection funktionierte und MVV durfte seinen Job als DFB-Präsident behalten, wenn auch mit reduzierter Verantwortung. Dass dies kaum im Interesse des deutschen Fußballs war, zeigte sein Verhalten im Schiedsrichterskandal. Der selbstherrliche Stuttgarter sollte sich an dem Westfalen Niebaum ein Beispiel nehmen und zurücktreten. Der Bäckergeselle Klinsmann ist ein Sympathieträger wie Völler vor ihm, aber ich bezweifle, dass die Fans ihm ungestraft so viel werden durchgehen lassen wie seinem Vorgänger. Dafür hat er zu viel von der Aufsteigermentalität eines Beckenbauer, und so etwas erregt den Neid der Menge und vor allen Dingen den ihrer selbst ernannten Repräsentanten in den Medien. Dass Klinsmann trotz seines strahlenden Lächelns, das jeder Zahnpastareklame zur Ehre gereichen würde, Haare auf den Zähnen hat, musste schon der Loddel bei Bayern München erfahren. Und jetzt erkennt auch das Präsidium des DFB, dass der Jürgen nicht ganz so pflegeleicht ist, wie sie sich das vorgestellt haben. Das macht ihn mir noch sympathischer. Meine Tochter Liv war schon immer ein Fan von ihm und die hat in solchen Dingen einen guten Instinkt.

Ich habe immer noch Mühe zu begreifen, dass wir nicht mehr erstklassig sind, auch wenn ich viele Jahre Zeit dazu hatte. Den Niedergang anderer Mannschaften nachzuvollziehen fällt mir da leichter. Frankreich wird nie wieder eine Equipe wie die der Weltmeisterschaft 1998 und der Europameisterschaft 2000 haben. Einen Zidane gibt es nur alle hundert Jahre. Das goldene Team Portugals ist in die Jahre gekommen, die Elftal aus Holland ist auch nicht mehr, was sie war. England läuft seit über vierzig Jahren dem Erfolg bei großen Turnieren nach. Beckham macht eher durch seine Leistungen im Bett von sich reden, sei es mit Gespielinnen oder auch mit der angetrauten Victoria. Das Gleiche gilt für den englischen Trainer, der nur noch im Amt ist, weil der Verband die horrende Abfindungssumme scheut. Und auch die 18-jährige Entdeckung der Europameisterschaft, der Prolet Wayne Rooney, ein Gazza-Verschnitt mit Torinstinkt, treibt es mit Prostituierten einschließlich einer 48-jährigen Großmutter noch intensiver als auf dem Platz. Mit seinen Toren beglückt er jetzt Manchester United. Italien musste nach der Vorrunde der Europameisterschaft ebenfalls die Heimreise antreten und Trappatoni verabschieden. Nur Brasilien mit seiner Fülle an immer wieder nachwachsenden Talenten scheint unverwüstlich. »Jeder kann jeden schlagen«, meinte Rudi Völler und die Griechen haben es bewiesen. »Die Breite in der Spitze ist dichter geworden«, erkannte schon Berti Vogts. Das heißt, wir müssen uns darauf einrichten, dass andere als die üblichen Verdächtigen Europa- und Weltmeister werden. Das wäre auch eigentlich nicht so schlecht, wenn ich auf diesem Platz nicht am liebsten die Deutschen sähe.

Unsere Frauen tun mir den Gefallen. Sie haben auf dem alten Kontinent und auf dem Globus den Spitzenplatz. Beide Male hieß das Endspiel Deutschland gegen Schweden. Bei den Damen ist die Welt noch in Ordnung, wenngleich auch hier junge Nationen wie Nigeria heranstürmen und ganz alte wie China anders als bei den Männern schon immer eine Rolle gespielt haben. Frauenfußball ist abwechslungsreicher, weil mehr auf Angriff gespielt wird, und ästhetisch bieten die Mädchen auch eindeutig mehr, nicht nur, wenn sie sich das Trikot über den Kopf ziehen, was sie schon lange nicht mehr getan haben. Und von Namen wie Garefrekes kann man im Männerfußball nur träumen. Nach dem Gewinn der WM des U-19-Teams haben wir sogar zwei amtierende Weltmeistermannschaften der Frauen. Das erwarte ich von den Herren der Schöpfung in meinen kühnsten Träumen nicht.

4.
Wo bleibt Behle?

Bruno Moravetz ahnte nicht, dass seine klagende Frage, als er bei den Olympischen Spielen 1980 in Lake Placid den Langstreckenläufer nach guter Zwischenzeit vergeblich auf den Bildschirmen suchte, zum geflügelten Zitat werden sollte. Das Erlebnis nicht erfüllter Hoffnungen habe ich alle vier Jahre. Wider besseres Wissen und eigene Erfahrung lasse ich mich von den Medien dazu puschen, die Chancen deutscher Sportler bei Olympischen Spielen völlig außerhalb der Realität zu bewerten.

Das Wichtigste ist für mich der Medaillenspiegel und zwar der traditionelle, in dem einmal Gold mehr wiegt als fünfzehn errungene Silber- und Bronzemedaillen. Tradition ist bei Olympia ohnehin alles. Kein anderes Sportereignis kann auf eine so lange Geschichte zurückblicken von 1.169 Jahren in der Antike und nach einer Unterbrechung von 1.503 Jahren geradezu kläglichen 108 Jahren in der Neuzeit, wo schon die Weltkriege mitgerechnet sind, während derer die Spiele ausfielen. Als Zwanzigjähriger bin ich eine Runde auf der antiken Kampfstätte gelaufen und habe mir anschließend selbst den Zweig vom Ölbaum überreicht. In Olympia waren Frauen weder als Zuschauer noch als Athleten zugelassen. Nicht nur das ist heute anders. Inzwischen dürfen Profis teilnehmen, während Avery Brundage im Grab rotiert, obwohl schon im Altertum der Amateurstatus dehnbar war. Vor allem ist die Olympiade ein Fernsehspektakel, eingerahmt von zwei gigantischen Shows: der Eröffnungs- und der Schlussfeier. Geblieben ist die

olympische Flamme, die aber nicht mehr ausschließ-
lich zu Fuß, sondern dann und wann auch schon ein-
mal mit dem Flugzeug transportiert wird. Seitdem die
Winterspiele sich 1994 von den Sommerspielen abge-
koppelt haben, gibt es sogar alle zwei Jahre Olympia.
Es fiele bei der Vielzahl gleichzeitig stattfindender
Wettbewerbe schwer, den Überblick und vor allen
Dingen das Interesse aufrechtzuerhalten, wenn es den
Medaillenspiegel nicht gäbe. Im Winter war Deutschland 1992 in Albertville, 1998 in Nagano und 2002 in
Salt Lake City Spitze, beim letzten Mal sogar mit einer
Rekordzahl von Medaillen. Nicht ganz so gut läuft es
im Sommer. Da waren wir nur 1936 im eigenen Land
vorn, um dem Führer eine Freude zu machen. Früher
wollte ich Deutschland möglichst weit oben sehen,
später dicht hinter der DDR, heute genügt es mir,
wenn wir vor Frankreich liegen. Natürlich habe ich
auch eine subjektive Punktewertung. Eine Medaille
in der Leichtathletik zählt mehr als die eines Kanuten
– und unter den Leichtathleten sind die Läufer und
Springer bei mir vorn. Springreiter sind mir wichtiger
als Dressurreiter, alpine Skiläufer stehen mir näher
als die Rodler – mit Ausnahme vom Hackl Schorsch.
Natürlich holen wir die Medaillen meist in den von
mir als zweitrangig empfundenen Disziplinen. Wahrscheinlich ist die Selbstverständlichkeit, mit der wir
dort siegen, auch der Grund für mein geringeres Interesse. Am größten ist mein Triumph, wenn ein Außen-
seiter gewinnt, jedenfalls solange er Deutscher ist. Der
Schwarzwälder Postbote Georg Thoma mit dem ersten
Sieg eines Nichtskandinaviers in der nordischen Kombination 1960 in Squaw Valley; beim Hochsprung in
München 1972 die sechzehnjährige Ulrike Meyfarth,
die ihren Erfolg zwölf Jahre später wiederholte; Dieter
Baumann über 5.000 Meter 1992 in Barcelona; Mar-

kus Wasmeier, der ewige Loser, der auch schon mal an der ersten Stange einfädelte, im Riesenslalom und Super-G in Lillehammer 1994; Niels Schumann über 800 Meter in Sydney 2000 – das sind meine Helden! Der Sieg, der mir am meisten Spaß machte, gehört aber keinem Deutschen, sondern dem australischen Underdog Steven Bradbury, der bei den Winterspielen von Salt Lake City 2002 das erste Olympia-Gold für sein Land im Short Track über 1.000 Meter holte, weil er als Einziger nicht zu Fall kam.

Natürlich gab es auch immer das umgekehrte Phänomen, die Stürze der Favoriten. Marika Kilius und Hans-Jürgen Bäumler, die sich 1964 mit ihren Schlittschuhen ineinander verhakten, der Zehnkämpfer Jürgen Hingsen, disqualifiziert nach dem dritten Fehlstart über 100 Meter in Seoul, Franziska Schenk, die in Nagano über 1.000 Meter auf ihrem wohlgeformten Hintern landete. Derselbe war einer breiten Öffentlichkeit bekannt, weil sich die schöne Franziska vor den Spielen für eine Illustrierte ausgezogen hatte. Diese Tradition hat Anni Friesinger fortgesetzt, konnte aber das Zickenduell in Salt Lake City gegen die in jeder Beziehung zugeknöpftere Claudia Pechstein nicht für sich entscheiden. Nackte Sportlerinnen reißen in einer Zeit, in der man ganze Volleyball-Teams dank »Stern« im Naturzustand bewundern kann, niemanden mehr vom Hocker, so dass es schon selbstverständlich war, vor Athen 2004 einige unserer Olympionikinnen im »Playboy« zu genießen.

Der einzige Flop, der fortwirkt, ist der des Hochspringers Dick Fosbury, der die Sprunglatte mit dem Gesicht nach oben überquerte und mit dieser evolutionären Sprungtechnik 1968 Gold gewann. Dagegen blieb der Flug des Österreichers Hermann Maier in Nagano, der bei seinem spektakulären Sturz in der

Abfahrt zwei Fangnetze durchbrach, ohne Folgen. Der »Herminator« gewann trotz Schmerzen Gold in Riesenslalom und Super-G. Erst ein deutscher Rentner brachte den Hermann auf seinem Motorrad zur Strecke.

Mehr als jeder andere Sportevent sind Olympiaden Politik. 1972 wollte Deutschland der Welt beweisen, dass es ein anderes geworden war: demokratisch, friedlich und fröhlich. So habe ich die Spiele auch erlebt. Schon die Architektur des Zeltdachs, unter dem die Bayern nicht mehr spielen wollen, ist beschwingt und leicht. Sicherheitskräfte waren kaum sichtbar. Umso mehr hat mich der Anschlag am 5. September bis ins Mark getroffen. Gewalt in Deutschland, ausgerechnet gegen Juden! Die Erleichterung, als Willy Daume im Fernsehen verkündete, die Geiseln auf dem Flughafen Fürstenfeldbruck seien befreit, und das Entsetzen, als er zwei Stunden später einräumen musste, dass alle tot waren. Auch die Spiele waren für mich gestorben, obwohl ich es bis heute für richtig halte, dass sie fortgesetzt wurden. Auf der Fahrt nach Fontainebleau lauschte ich der Übertragung der Trauerfeier. Mit meinen arabischen Mitstudenten am INSEAD diskutierte ich nächtelang über den Sinn dieser Aktion. Wenn sie auch das Verbrechen nicht gut hießen, vertraten sie doch überwiegend die Meinung, das sei der einzige Weg für die Palästinenser, die Welt auf ihr Leiden aufmerksam zu machen. Ich habe das nie verstanden und Arafat und Genossen auch nie verziehen. Sie haben mir meine Olympiade zerstört!

Der große Gewinner unserer Spiele war die DDR, die zum ersten Mal mit eigener Mannschaft, eigener Fahne und eigener Hymne auftrat. 66-mal wurde die »Spalterflagge« gehisst, zwanzigmal musste ich mir »Auferstanden aus Ruinen« anhören, während das

»Deutschlandlied« lediglich dreizehnmal erklang und unsere Athleten nur vierzig Medaillen errangen. Die Demütigung des Klassenfeindes auf dessen eigenem Boden war vollkommen.

1980 boykottierten die Amerikaner gemeinsam mit dreißig anderen Ländern, darunter die Bundesrepublik, die Olympiade in Moskau, weil sowjetische Truppen in Afghanistan einmarschiert waren, nicht ahnend, dass sie 21 Jahre später dasselbe Territorium bombardieren würden. Ich habe mich damals darüber geärgert, dass der Erdnussfarmer Jimmy Carter unsere Athleten um ihre Medaillenchancen brachte, zumal Frankreich und Großbritannien nach Moskau gefahren sind. Später hat er den Friedensnobelpreis gekriegt, aber nicht dafür! Vier Jahre später revanchierten sich die UdSSR und der Ostblock und blieben den Spielen von Los Angeles fern. Das hat mir schon besser gefallen, weil das mehr Medaillen für unsere Jungen und Mädchen bedeutete. Nur dass die blöden Rumänen, die wie China wieder einmal aus der Reihe tanzen mussten, sich dank mehr Gold an uns vorbei auf den zweiten Platz in der Medaillentabelle schoben, verstimmte mich. Die Geschichte hat bewiesen, dass kein Olympia-Boykott zu irgendeiner historischen Veränderung geführt hat. Es sind sinnlose Gesten geblieben, mit denen sich die Boykotteure selbst ins Knie geschossen haben, und das ist gut so.

Diese Gerechtigkeit gibt es beim Doping nicht. Der spektakulärste Fall war der Kanadier Ben Johnson, der Sieger über 100 Meter in Seoul, der Gold und Weltrekord nach einer Dopingkontrolle zurückgeben musste. Aber auch Carl Lewis, der an seiner Stelle das Edelmetall erhielt, soll gedopt haben. Die überlegene Rolle der DDR in den meisten Sportarten ist heute mit dem gezielten Einsatz von Dopingmitteln erklärt.

Merkwürdig, dass man erst nach dem Ende des Arbeiter- und Bauernstaates darauf gekommen ist. Als Katrin Krabbe & Co. für uns siegen sollten, durften sie nicht mehr laufen. Ihr Trainer mit dem passenden Namen Springstein und seine Lebensgefährtin Grit Breuer überlebten noch weitere zwölf Jahre, bis sie erneut unter Verdacht gerieten. Auch die Erfolge der chinesischen Schwimmerinnen und Läuferinnen in den neunziger Jahren werden auf die Einnahme verbotener Substanzen zurückgeführt. Die Lust, mit Chemie die eigene Leistung aufzubessern, ist ungebrochen. Johann Mühlegg erwischte es in Salt Lake City beim letzten Wettbewerb über 50 Kilometer. Mühlegg, der seit der Geisteraffäre nicht mehr für Deutschland, sondern für Spanien startete, machte diesmal Außerirdische für die missratene Dopingprobe verantwortlich. Die beiden bereits gewonnenen Goldmedaillen durfte er behalten, aber zu dem Abendessen mit König Juan Carlos soll es nicht mehr gekommen sein. Ich bin froh, dass wir den Spinner los sind. Dagegen ist bei Dieter Baumann nach wie vor die Frage unbeantwortet, ob seine öffentlichen Bekenntnisse als Gegner des Dopens reine Heuchelei waren oder ob er tatsächlich Opfer eines kriminellen Anschlags geworden ist. Die Zähne kann sich seit seiner Affäre jedenfalls kein Athlet mehr unbekümmert putzen.

Von den Sommerspielen in Athen bleibt der fade Beigeschmack, dass vorrangig Athleten aus Nationen, die dopingtechnisch nicht auf der Höhe sind, wie zum Beispiel Griechenland oder Ungarn, erwischt wurden. Die unfaire Reaktion des Publikums, das beim 200-Meter-Lauf die Sprinter auspfiff, weil der Lokalheld Kostas Kenteris nicht antreten durfte, zeigt, dass das Unrechtsbewusstsein in Bezug auf das Doping auch bei den Zuschauern nicht hoch entwickelt ist. Die Leistungskurve unserer Leichtathleten bei der Olympiade 2004 spricht sie frei von jedem Verdacht. Anders ist es bei unseren Reitern: Die deutsche Springreitermannschaft musste ihr Gold zurückgeben, weil bei dem Pferd von Ludger Beerbaum verbotene Substanzen entdeckt wurden, keine leistungssteigernden, aber doch solche, die zur Wundbehandlung nicht zugelassen waren. Man wäre versucht, das Pech deutscher Reiter zu bejammern, wären da nicht die Affären um das Pferd der deutschen Dressurreiterin Ulla Salzgeber und um das von Beerbaums Schwägerin gewesen. Da bleibt nur der Schluss, dass die deutsche Reiterei entweder die dümmsten Funktionäre der Welt hat oder ihren hohen Stand dem Einsatz von Dopingmitteln verdankt. Da es allem Anschein nach unmöglich ist, den Einsatz verbotener Mittel lückenlos nachzuweisen, wäre die Chancengleichheit erst dann wieder hergestellt, wenn man das Doping bei Volljährigen einfach zulässt. Dann entscheidet letztlich der tiefere Geldbeutel, aber das ist auch sonst im Leben nicht anders.

Aus der Vielzahl olympischer Wettbewerbe, an denen ich dank des Fernsehens teilnehmen konnte, sind mir nur einzelne Bilder in Erinnerung: die schwarze Gazelle Wilma Rudolph, die über die Bahn von Roms Olympiastadion sprintet; Charly Kaufmann, der mit einem Hechtsprung ins Ziel auf der gleichen Asche landet und doch nur Zweiter hinter dem zeitgleichen Sieger wird; der Olympia-Sieg mit Weltrekord unserer 4x100-Meter-Staffel der Männer im selben Jahr; der Jahrhundertsprung von Bob Beamon in Mexico City; Rosi Mittermaier in Innsbruck und ihr späterer Ehemann Christian Neureuther, der kaum einmal heil durch die Stangen kam. Heute versorgt er uns im Fernsehen mit überflüssigen Video-Analysen. Das Eishockeyspiel Tschechoslowakei gegen die UdSSR in Grenoble 1968, nachdem die Sowjets den Prager Frühling platt gewalzt hatten, und unseres 1992 in Méribel gegen Kanada, wo im Penalty-Schießen der Puck nach einem deutschen Schuss auf der Torlinie liegen blieb. Die Kür der jungen Katharina Witt in Sarajewo und die offenen Schuhe ihrer Kollegin Tonya Harding in Lillehammer. Tomba la Bomba zwischen den Stangen und unsere drei Mädchen im Schnee, nachdem wir in der Kombination in Nagano alle drei Medaillen gewonnen hatten. Katja Seizinger, die auch noch Gold in der Abfahrt und Bronze im Riesenslalom gewann, gehörte meine besondere Sympathie, weil sie eine Flachländerin war. Das Jahr 1998 meinte es gut mit dem deutschen alpinen Skilauf, genauer gesagt mit den deutschen Skiläuferinnen. Vier Jahre später gab es nur eine Bronzemedaille in der Kombination für Martina Ertl, die nach einer Verletzungspause wieder startete. Der »Golden Slam« von Steffi Graf in Seoul und das Doppel-Gold für Becker und Stich vier Jahre später. Georg Hackl mit einem Bier in der Hand nach dem Gewinn der dritten Goldmedaille hintereinander. 2002 schaffte er nur Silber, aber fünf Medaillen bei fünf Olympiateilnahmen sind keine schlechte Bilanz für das bayerische Schlitzohr. In Salt Lake City gab es einen zweiten Durchgang im Slalom, bei dem man sich in die fünfziger Jahre zurückversetzt glaubte, so langsam kurvten die Herren um die Stangen. Der Schotte Alan Baxter erkämpfte hinter den Franzosen Amiez und Vidal die erste alpine Medaille für Großbritannien. Das Glück währte nur wenige Tage, dann musste Baxter sein Bronze zurückgeben. Doping! Auch 2002 standen im Rodeln drei deutsche Mädchen auf dem Siegerpodest, aber das ist fast schon selbstverständlich. Im gleichen Jahr entdeckte ich endgültig meine Leidenschaft für Biathlon, nachdem ich mich früher über diese Kombination zweier Disziplinen mokiert habe, die ganz gegensätzliche Anforderungen stellen. Die deutsche Mannschaft war der pure Wahnsinn, die Frauen noch einen Tick besser als die Männer. Aber das ist bei uns eigentlich immer so. Dagegen kann ich mich für das Skispringen trotz Weißflog, Schmitt und Hannawald nicht so recht erwärmen, vielleicht, weil es nicht genügend Stürze gibt.

Manche Höhepunkte habe ich verpasst. Sydney 2000 war eine gewaltige Herausforderung, weil die meisten Entscheidungen nachts fielen. Beim Springreiten lag die deutsche Mannschaft in Führung, als mir die Augen zufielen. Als ich wieder aufwachte, hatte sie dann auch gewonnen. Die Dramatik der Nacht, in der uns die Schweiz beinahe das Gold gestohlen hätte, hatte ich verpennt. Für das Drama 2004 sorgten die Vielseitigkeitsreiter, allerdings weniger auf dem Parcours. Dort lagen die deutsche Equipe und Bettina Hoy eindeutig in Führung. Aber die aufmerksamen Franzosen, denen ihre Silbermedaille so wenig passte, dass sie den Deutschen bei der Siegerehrung die Gratulation verweigerten – das erinnert an Berti Vogts, nicht wahr? – hatten registriert, dass Frau Hoy die Startlinie zweimal überquert hatte, die Uhr aber erst beim zweiten Mal zu laufen begann. Zunächst protestierte Frankreich allein, aber als das Schiedsgericht der reiterlichen Vereinigung den Deutschen nichts am Zeug flickte, fanden sich schnell Verbündete. Großbritannien und die USA konnten mit der Disqualifizierung der Deutschen sowohl in der Mannschaft als auch im Einzelwettbewerb um einen Rang vorrücken und zusätzlich Bronzemedaillen kassieren. Da half es unserer Bettina nicht, dass sie ihr Haus in England von Princess Anne gemietet hat. Deren geschiedener Ehemann Mark Phillips, auf dessen zweiter Hochzeit die Hoys gewesen waren, stand als Betreuer der USA voll hinter dem Rechtsmittel und erhielt 75.000 Dollar für die Bronzemedaille. Bei so viel Geld hört die Freundschaft eben auf. Dass aus dem Vielseitigkeitsreiten längst die neue Disziplin des Paragraphenreitens geworden war, interessierte niemand außer die Deutschen. Die französischen Medien jubelten, als ob ein schweres Unrecht korrigiert worden wäre, von der deutsch-französischen Freundschaft sprach niemand. Die wird bei unseren Nachbarn jenseits des Rheins auch nur dann gepflegt, wenn es den eigenen Interessen entspricht. Andernfalls gratuliert sogar der Staatspräsident zu den erschlichenen Medaillen. Die seriöse englische Presse, wie immer um Fairness bemüht, brachte es auf den Punkt: Entscheidend ist, wer den ersten Fehler begangen hat. Überquerte Bettina Hoy die Startlinie versehentlich zweimal, dann ist das ihr Pech und das ihrer Mannschaft. Ist sie noch einmal angeritten, weil ein Kampfrichter die Uhr nicht richtig bedient hatte, durften weder sie noch die deutsche Equipe dafür bestraft werden. Aber vielleicht war es gut, uns die Augen zu öffnen und klar zu machen, dass es auch bei den Reitern Ritterlichkeit im Sport nicht mehr gibt.

Nach der Schuld der Funktionäre fragt niemand, obwohl von sechs gewonnenen Goldmedaillen nur zwei bei den ursprünglichen Siegern blieben. Das wäre auch zu einfach, oder? Dabei sind deren Versäumnisse eklatant. Nach dem Skandal im Paarlaufen 2002, wo zwei Goldmedaillen vergeben werden mussten, um die empörte Öffentlichkeit zu beruhigen, kam es in Athen zu einem Eklat beim Turnen, ohne dass dieses

Mal die Bewertung entscheidend korrigiert wurde.
Die Bürokraten der Spiele regieren überheblich wie eh
und je und ihr oberster Repräsentant Jacques Rogge
ist ein leuchtendes Beispiel unerträglicher Selbstherr-
lichkeit, oft peinlich umrahmt von den Deutschen
Thomas Bach und Klaus Steinbach, die ihn anhim-
meln, als triefe von seinen Lippen das Manna der Er-
kenntnis. Dieses devote Anbiedern an die Macht ist
leider ein typisches Merkmal unserer Nation, in der
Duckmäusertum eher belohnt wird als Aufbegehren.
So sehr mich das Vorgehen der Franzosen in der Mi-
litary geärgert hat, muss ich doch anerkennen, dass
die Vertreter der Grande Nation für ihre Sportler bis
zuletzt gekämpft haben, während unsere Funktionäre
liebedienerisch von Entscheidungen sprechen, die zu
respektieren seien. Die Befehlsempfängermentalität,
auf die sich viele Handlanger des Dritten Reichs be-
rufen haben, wird wieder sichtbar. Herr Steinbach
jedenfalls scheint seine Kampfkraft dabei verbraucht
zu haben, Walther Tröger aus dem Amt des NOK-Prä-
sidenten zu drängen.

Nach dem Abschluss der Spiele weist der Medaillenspiegel die großen europäischen Nationen eindeutig
als Verlierer aus und ich finde es auch gut, wenn Medaillen in Länder gehen, die noch nie auf der olympischen Landkarte verzeichnet waren. Deutschland ist
auf den sechsten Platz zurückgefallen, doch wir sind
immer noch vor den Franzosen. Es ist nur schade, dass
nicht auch die USA in diesen Abwärtssog gezogen wurden, obwohl sie wieder einmal bewiesen haben, dass
ihre Läufer nicht über die Intelligenz verfügen, ein
Staffelholz richtig zu übergeben. China ist den Amerikanern auf den Fersen und wird sie vermutlich 2008
in Peking überrunden. Bei beiden Ländern bleibt jedoch aufgrund ihrer Vergangenheit ein Zweifel, ob

bei den Höchstleistungen immer alles mit rechten Dingen zugeht. Die Griechen haben bewiesen, dass sie doch organisieren können, aber als Zuschauer ein erstaunliches Desinteresse für die Ereignisse vor ihrer Haustür gezeigt. Insofern gab es stimmungsvollere Olympische Spiele als die von Athen.

Mich faszinierten bei der Olympiade 2004 besonders die Mannschaftswettbewerbe. Das Gold, das unsere Hockeyfrauen gewonnen haben, war ebenso unerwartet wie die Tatsache, dass es ihre männlichen Kollegen nicht ins Endspiel schafften. Bronze ist ein Trost, insbesondere weil auch unseren holländischen Bezwingern Gold versagt blieb. Unsere erfolgsverwöhnten Fußballerinnen enttäuschten mit dem dritten Platz, der wieder einmal gegen die Schwedinnen gewonnen wurde, die inzwischen einen Deutschlandkomplex haben müssen. Unsere Handballmannschaft scheint sich daran gewöhnt zu haben, in Endspielen Kroatien zu unterliegen, und vermied dieses Problem bei der WM 2005 in Tunesien, in dem sie schon in der Hauptrunde ausschied. Prompt verloren die Kroaten das Finale gegen Spanien. Die Dressurreiter waren im Team wie gewohnt Spitze, unsere Ruderer im Achter gingen leer aus, gleichgültig ob männlichen oder weiblichen Geschlechts. Die sich selbst überschätzenden Schwimmer waren nur als Mannschaft in der Lage, Medaillen zu erringen. Bei den Zwei-Mann-Teams überraschten die Synchronspringer vom Dreimeterbrett mit Silber, weil sich die favorisierten Chinesen und Russen aus dem Rhythmus brachten, indem sie miteinander oder mit dem Brett kollidierten. Dagegen war das Silber im Tennis-Doppel am Ende eher bitter, weil Schüttler und Kiefer vier Matchbälle nicht nutzen konnten. Der Chilene Gonzales hatte zuvor in fünf Sätzen Bronze errungen, wirkte aber um halb drei Uhr in der Früh frischer als unsere Jungs. Bewegend waren Kiwis Tränen, der diesmal wirklich nicht an der Niederlage schuld war. Der zweite Chilene Massu holte sich übrigens am gleichen Tag auch das Gold im Einzel.

Unsere Leichtathleten, die mit 77 Teilnehmern angereist waren, brachten es nur auf zweimal Silber in den technischen Disziplinen Kugelstoßen und Speerwurf, natürlich von Frauen gewonnen. Dafür haben uns die Kanuten wieder einmal mit einem Medaillenregen verwöhnt. Birgit Fischer gewann mit 42 Jahren ihre achte Goldmedaille und auch noch Silber. Sie überlegt, ob sie in vier Jahren in Peking noch einmal antritt. Dagegen sieht Franziska van Almsick richtig alt aus.

5.

Spiel, Satz und Sieg

Meine Leidenschaft für das Tennis begann nicht, als ich im Alter von fünf Jahren mit bandagiertem Handgelenk meiner Mutter Bälle über das aus meiner Zwergensicht immens hohe Netz zulöffelte. Auch nicht später, als ich angeblich Talent verriet, aber nie hielt, was sich andere davon versprachen. Verstehen wir uns nicht falsch: Ich spiele auch heute noch gern Tennis, doch Leidenschaft empfinde ich auf dem Platz allenfalls im Wortsinn, weil ich gewinnen will und an meinen Niederlagen leide. Ich errege mich, gebe alles und noch etwas mehr, aber beim anschließenden Bier an der Bar ist der Ballwechsel schnell vergessen. Der wirklich begeisterte Aktive in meiner Familie war mein Vater, der ab seinem 84sten Geburtstag nur noch viermal die Woche spielte. Für ihn war Tennis sein Leben; Beruf, Familie, Frauen und Musik, alles musste sich dem weißen Sport unterordnen. Auf dem roten Sand wurde aus dem sonst eher verschlossenen Mann die verkörperte Lebensfreude und Liebenswürdigkeit. Seine Mitspieler schätzten ihn sehr, auch wenn sie dreißig bis vierzig Jahre jünger waren als er. Dabei spielte er nicht wirklich gut. Seinen Aufschlag leitete er mit zwei kreisenden Bewegungen des Schlägers ein, die den Gegner einen Granateneinschlag erwarten ließen, so dass er von dem Ball, der harmlos hinter das Netz tropfte, überrascht wurde. Seine Partner sahen ihm nach, dass er schon »Aus!« rief, wenn der Ball gerade dabei war, das Netz zu passieren. Ich stand dreißig Jahre lang einmal in der Woche im Doppel an der Seite des Alten. Natürlich konnte er nicht mehr so viel laufen und ich fegte wie ein Derwisch über den Platz, um die Löcher zu stopfen. Erwischte ich den Ball nicht richtig, ertönte hinter mir eine vorwurfsvolle Stimme: »Warum hast du mir den nicht gelassen?« Konsequenterweise war das Tennis auch verantwortlich für seinen Tod. Er wollte sich an der Hüfte operieren lassen, weil sie ihn zunehmend bei seinem Lieblingssport behinderte. Die Vorbereitungen zur Operation überstand sein angeschlagenes Herz nicht mehr. Eigentlich hätten wir ihn in Tenniskleidung und mit einem Schläger in der Hand beerdigen müssen. Seine Doppel sind mein Erbe.

Mit meinem Vater habe ich Pancho Gonzales und Ken Rosewall gesehen. Von der ersten Daviscup-Begegnung in Hannover, die ich mit meiner siebzehnjährigen Freundin besuchte, ist mir nur noch in Erinnerung, wie wir uns in der Pause hinter den Büschen der HTV-Anlage geliebt haben. 1964, als ich zum ersten Mal in Wimbledon war und für den Preis von einem Pfund einen Stehplatz im Center Court ergattert hatte, wo ich Emerson, Bungert und Kuhnke spielen sah, war es mir wichtiger, meine Begleiterin, eine spröde Volkswirtin aus Hamburg, herumzukriegen. Es hat nicht geklappt. Bungerts Finale drei Jahre später, das er in drei Sätzen gegen John Newcombe verlor, ließ mich als Fernsehzuschauer kalt. Dass Freiherr Gottfried von Cramm dreißig Jahre früher dreimal hintereinander das Endspiel im Mekka des Tennis erreichte und seine adlige Gesinnung bewies, indem er eine Schiedsrichterentscheidung auf dem grünen Rasen zu seinen Ungunsten korrigierte, war für mich nur Tennislegende, obwohl er im gleichen Verein spielte wie ich. Im Gegensatz zu England und Frankreich, wo man sich auch an fulminanten Niederlagen berauschen kann, zählen für mich als Deutschen nur Sieger.

Am 7. Juli 1985 verfolgte ich im Fernseher der Tennisanlage von Sport-Scheck in München, wo ich zuvor zum ersten Mal mit Freundin Ulrike auf Rasen gespielt hatte, den Wimbledon-Sieg von Boris Becker als erstem ungesetztem und jüngstem Spieler. Dieses Match riss mich für alle Zeiten aus meiner Lethargie als Tenniszuschauer. Ein Jahr später gewann er erneut den Titel im Tennis-Mekka. 1987 rettete er Deutschland gegen die favorisierten Amerikaner in Hartford, USA, vor dem Abstieg aus der Weltgruppe im Davis-Cup, indem er John McEnroe in einem Match über mehr als sechs Stunden bezwang. Im Jahr danach holte er dann für uns die hässlichste Salatschüssel der Welt und wiederholte diesen Triumph 1989, das Jahr, in dem er erneut Wimbledon und die US-Open gewann.

Boris Becker: Schon der Name klingt wie ein Schmetterball. Nichts kann sein Bild verdunkeln, weder seine banalen Affären noch seine geschäftlichen Pleiten oder sein missglückter Versuch, dem deutschen Staat Steuern vorzuenthalten. Das Einzige, was mich an ihm stört, ist sein Faible für Bayern München.

Sechs Jahre nach Beckers erstem Sieg in Wimbledon sah ich dort auf einem Nebenplatz einen anderen Deutschen trainieren, Michael Stich, dem ich keine besondere Aufmerksamkeit schenkte. Die Halbfinale, in denen sich sowohl Becker als auch Stich ins Endspiel kämpften, verfolgte ich auf dem Gelände des »All England Lawn Tennis und Croquet Club« im Fernsehen, weil ich nur Karten für den Court Number One hatte, auf dem Martina Navratilova in einem lustigen Doppel mitwirkte. Dass Stich sich im Finale nicht scheute, Boris in seinem eigenen Wohnzimmer den Titel abzujagen, kam für mich einem Akt des Landesverrats gleich.

Es ist mir ein Rätsel geblieben, warum ich mich weniger mit Michael identifizieren konnte, der doch der intelligentere, gebildetere und vermutlich auch nettere von den beiden ist. Wahrscheinlich, weil Becker das liefert, was ich auf der Bühne des Sports sehen will: eine antike Tragödie. Der mit sich selbst hadernde Held, der sich jammernd und greinend die Haare rauft, der verzweifelte Satz nach einem unerreichbaren Ball, der den Protagonisten zerschunden auf dem Boden lässt, das Aufbäumen gegen ein widriges Schicksal, das alles gab es nur bei Boris. Das ästhetisch eigentlich schönere Tennis von Michael Stich konnte da nicht mithalten, man merkte nie, dass er sich wirklich anstrengte. Becker, das war Schweiß, Blut und Tränen, Stich nur gepflegte Unterhaltung. Zur Begeisterung brachte mich nur seine Ehefrau Jessica, die ich mit den anderen Zuschauern in der Arena von Halle feierte, als Deutschland gegen Spanien gewann. Ich war mit Konstantin da, mit dem ich mir vor und nach dem Wettkampf heiße Duelle lieferte. Er ist mehr als dreißig Jahre jünger als ich und besitzt viel mehr Talent, aber ich war mental stärker. Und das entschied, denn Tennis wird wie jeder Sport vorrangig zwischen den Ohren gewonnen.

1992 hörte ich im Autoradio auf dem Weg zu einer Verlobung in Frankfurt, wie sich Boris gegen Goran Ivanisevic in das Masters-Finale kämpfte. Als ich Eltern und Schwester Becker im »Hessischen Hof« entdeckte, wo wir ebenfalls abgestiegen waren, war für mich klar: Ich musste zum Finale, koste es, was es wolle! Am nächsten Morgen ging ich die paar Schritte zur Festhalle hinüber. Die ersten Kartenverkäufer waren schon da und ich erstand einen Platz zum Doppelten des ausgedruckten Preises. Dafür wurde ich mit dem Sieg von Boris über Jimmy Courier belohnt und durfte anschließend mit dem Gewinner seinen Geburtstag feiern. Den Amerikaner hatte ich Ende Januar gegen meinen Favoriten Stefan Edberg in brütender Hitze die Australian Open gewinnen sehen. Die Veranstalter hatten zuvor diskutiert, ob sie das Hallendach schließen sollten, sich aber dagegen entschieden, weil die Australien Open traditionsgemäß unter freiem Himmel ausgetragen werden. Während des Spiels beschäftigte mich die Überlegung, um wie viel während des Zuschauens das Hautkrebsrisiko stieg, mehr als die Ballwechsel. Courier kühlte sich anschließend mit einem Bad im Yarra ab, einer der verschmutztesten Flüsse dieser Erde. Es hat ihm offenbar nicht geschadet.

1998 kam die ATP Tour World Championchip im Vorlauf der Expo 2000 nach Hannover und mit ihr Boris Becker. Am Vorabend des Turniers gab es eine große Party im Bahlsen-Gebäude, zu der aber kaum Tennisprominenz erschien. Dafür waren Lilly von Schaumburg-Lippe und die Schwester von Yannick Noah da, auch nicht schlecht! Ich hatte natürlich Karten für alle Tage, aber erinnern kann ich mich nur an das Finale von Boris gegen Sampras. Wie zwei Gladiatoren wurden die beiden in der umfunktionierten Messehalle begrüßt und lieferten sich den entsprechenden Kampf. Es war ein Mammut-Spiel mit dem glücklicheren Ausgang für Pete. Ich badete in Emotionen und war am Schluss ebenso erledigt wie Becker, der sich nach dem letzten langen Ballwechsel über das Netz hängte. Deswegen überraschte es mich außerordentlich, als meine Freundin mir hinterher sagte, ich hätte im Fernsehen recht unbeteiligt gewirkt. Sie ist Rheinländerin und erwartet, dass man seine Emotionen durch sinnloses Hüpfen und Schreien demonstriert.

Stich wird mir für immer als derjenige unvergesslich bleiben, der im Davis-Cup gegen die Russen 1995 in Moskau neun Matchbälle vergab und mit seinem Doppelfehler für das Ausscheiden der Deutschen sorgte. Ich hatte mein Flugzeug nach Paris in der Sicherheit bestiegen, dass er das Spiel nicht mehr verlieren konnte, und wurde durch den Bildschirmtext in meinem Hotelzimmer eines Besseren belehrt. Aber ich will nicht ungerecht sein, einmal hat auch Michael den Cup nach Deutschland geholt, das sind immerhin 50 Prozent der Leistung von Bobbele.

Beckers Stern strahlt am hellsten am deutschen Tennisherrenhimmel, der größte Spieler aller Zeiten war er nicht. Björn Borg, der eine unendliche Kette von schwedischen Tennistalenten anführte, John McEnroe mit seinen einmaligen Wutanfällen, den ich in Wimbledon gegen Andre Agassi wie alle älteren Zuschauer angefeuert habe, Ivan Lendl und Pete Sampras waren erfolgreicher als er. Aber wenn Deutschland keinen Tenniskönig hervorgebracht hat, so doch eine unumstrittene Königin. Steffi Graf war nicht die erste deutsche Wimbledon-Siegerin, das war Cilly Aussem 1930 in einem rein deutschen Finale. Dafür gewann Steffi das Turnier sieben Mal, hierin übertroffen von Martina Navratilova mit neun und Helen Wills-Moody mit acht Siegen. Steffi Graf war bereits die dritte Frau, die den Grand Slam gewann, ihre 22 Grand-Slam-Titel überbot Margaret Court um zwei. 107 von Graf gewonnenen Turnieren stehen 167 von Navratilova und 157 von Chris Evert gegenüber. Und dennoch war Steffi die Größte von allen. Sie stand insgesamt 377 Wochen an der Spitze der Weltrangliste, sie ist der einzige Mensch, der alle vier Grand-Slam-Turniere wenigstens viermal für sich entscheiden konnte, niemand vor ihr hat den Grand Slam auf vier verschiedenen Belägen gewonnen, und natürlich war da noch ihre Goldmedaille, die eigentlich ihre zweite war, weil sie bereits den olympischen Demonstrationswettbewerb vier Jahre zuvor gewonnen hatte. Ich könnte das Aufzählen ihrer Rekorde beliebig fortsetzen, aber es waren nicht die Spitzenplätze allein, die Stefanie Graf zur Tennisgöttin werden ließen. Ich muss gestehen, dass ich sie auch immer attraktiv gefunden habe im Gegensatz zu vielen, die sich auf die Kritik an ihrer Nase beschränkten. Gewiss strahlt sie nicht die direkte Sinnlichkeit einer Gabriela Sabatini aus, den Pin-up-Sex einer Anna Kurnikowa, aber sie hat eine gute Figur und ein interessantes Gesicht. Vor allen Dingen wirkt sie intelligenter als die meisten ihrer Kolleginnen. Zudem hat sie die schwierigen Zeiten mit ihrem Vater mit einer Würde überstanden, die einer jungen Frau nicht unbedingt zuzutrauen war. Ihr Tennis war ein ästhetischer Genuss. Sie spielte kraftvoll, ohne brutal wie die Williams-Schwestern auf den Ball zu hämmern. Ich schätze ihre einhändig geschlagene Rückhand, die bei Damen selten geworden ist und von Steffi gerne umlaufen wurde. Ihre gesliceten Bälle, die vom Boden kaum noch hoch kamen, zwangen die Gegnerinnen im wahrsten Sinne des Wortes in die Knie. Vor allen Dingen mochte ich an ihr, dass sie die Moral hatte, ein Spiel, das schlecht lief, für sich zu wenden. Wenn sie sich selbst mit »Komm jetzt!« und einem Schlag auf den Oberschenkel anfeuerte, wusste man, dass Polen noch nicht verloren war. Unvergesslich, wie sie das Wimbledon-Finale 1991 gegen Sabatini, das ich am Fernseher im Londoner Sportkaufhaus »Lillywhites« verfolgte, noch drehte. Ein Jahr später war ich dabei, als sie Gabriela bereits im Halbfinale abservierte, die anscheinend eine harte Nacht hinter sich hatte und ihren Kopf immer wieder an die kühlende Wand lehnte. Auch Monica Seles hatte anschließend unserer Steffi nichts entgegenzusetzen, die eine gelungene Revanche für das verlorene Finale von Melbourne feierte. Das Aufregendste während des Spiels war für mich jedoch, dass mein Nachbar während eines Ballwechsels ein Gespräch auf seinem Handy annahm und in aller Seelenruhe telefonierte. Als er die mehrmalige Aufforderung eines Bobbys, ruhig zu sein, ignorierte, wurde er schließlich festgenommen und vom Center Court geführt. 1994 habe ich Steffi dann wieder bei »Lillywhites« gesehen, diesmal in natura. Sie machte auch in Schwarz eine gute Figur. Allerdings muss ihr der Termin so zugesetzt haben, dass sie anschließend bereits in der ersten Wimbledon-Runde rausflog.

Warum zählen Tenniserfolge in Wimbledon mehr als anderswo? Vielleicht ist es die Tatsache, dass das Turnier seit 1877 gespielt wird, vielleicht ist es der Rasen, der dem Spiel die einzigartige Unberechenbarkeit gibt, denn kein anderer Belag kann so schnell seine Eigenschaften ändern. Wahrscheinlich aber ist es die Atmosphäre, die Menschen, die Erdbeeren mit Schlagsahne verzehren und Pimms-No.1-Cocktails trinken. Trotz vieler Umbauten hat sich Wimbledon nicht wirklich gewandelt. Der Knicks der Spielerinnen vor der königlichen Loge, in der ich Lady Di zum letzten Mal live gesehen habe, ist abgeschafft worden, aber der Geruch des Rasens, der auf den Zentralplätzen zum Ende des Turniers seine Farbe ins Gelbe ändert, ist derselbe geblieben. Es ist nur noch schwieriger geworden, ein Ticket zu ergattern. Zum Trost erhalten die Wartenden Sticker mit der Aufschrift »Ich habe in Wimbledon Schlange gestanden«. Auch der Schwarzmarkt versorgt die Interessenten nicht mehr so reibungslos wie früher. Außerdem ist er nicht ohne Risiken. Ich habe auch schon für 600 Pfund überhaupt kein Tennis gesehen, weil immer wieder Regen einsetzte. Der All England Lawn Tennis & Croquet Club sagte für den ausgefallenen Tag allen Karteninhabern einen Ersatzplatz in der nächsten Saison zu, ich aber wurde abschlägig beschieden, weil ich den Zulass auf nicht legalem Weg erworben hatte.

Dafür durfte ich zwei Tage später auf dem Flug nach New York hinter Jennifer Capriati sitzen, die damals kurz vor ihrem Absturz stand, aus dem sie sich wie Phoenix aus der Asche wieder erhoben hat. Der Fan wird für das widrige Wetter, das zu häufigen Spielabbrüchen führt, denn in Wimbledon wird bereits nach den ersten Tropfen die Plane über den Rasen gezerrt, durch eine Nähe zu den Spielern – jedenfalls auf den Nebenplätzen – entschädigt, die auf der Welt ihresgleichen sucht. Dennoch bleibt das Publikum gelassen und unaufdringlich, anders als ich das von Roland Garros oder Flinders Park in Melbourne kenne. Jedenfalls in der Regel. Einmal stürzte in Wimbledon eine schrill kreischende Teenagermenge auf mich zu, bis ich begriff, dass neben mir Andre Agassi stand. Reaktionsschnell flüchtete er in die Spielerlounge.

Ich schaue mir längst lieber Damen- als Herrentennis an. Langweilige Aufschlagsduelle à la Goran Ivanisevic können mich nicht begeistern. Bei den Männern stören mich auch die Kappen, insbesondere wenn sie nach Art von Marc Kevin Göllner nach hinten getragen werden. Unter ihnen verbergen sich Langweiler, die es an Unterhaltungswert nie mit einem Jimmy Connors, einem John McEnroe, einem Henri Leconte, einem Yannick Noah oder auch einem Boris Becker aufnehmen werden. Der Einzige, der eine passable Show abliefert, ist Marat Safin, aber der zertrümmert auch längst nicht mehr so viele Schläger wie früher.

Die Damen spielen variantenreicher und liefern sich die spannenderen Duelle. Natürlich sind sie auch auf dem Tennisplatz das schönere Geschlecht. Das gilt zweifellos nicht für alle, aber es gibt schon einige recht ansehnliche Exemplare. Neben unserer Steffi war Mary Joe Fernandez lange Zeit meine Favoritin, bis ich erfuhr, dass sie sich nicht viel aus Männern macht. Bei ihrem Turniersieg an der Hundekehle in Berlin gegen die erkältete Mary Pierce habe ich dennoch mit ihr triumphiert. Die arme Marie, wie sie die Franzosen nennen, hatte lange mit ihrem Vater zu kämpfen, ein Problem, das sie mit Jelena Dokic und mancher anderen teilt. Die entscheidende Rolle der Väter im Leben ihrer Töchter, im Guten wie im Bösen, liegt bei Tennisspielerinnen weit über dem Durchschnitt, wie auch der Prozentsatz derjenigen, die sich dazu bekennen, lesbisch zu sein. Dagegen gibt es nicht einen einzigen schwulen männlichen Tennisspieler. Merkwürdig, nicht wahr? Ich finde es beruhigend, dass sich bei den Damen zunehmend Spielerinnen durchsetzen, die nicht über eine so athletische Figur wie Serena Williams verfügen, deren Outfit für mich nicht die Spur von weiblicher Attraktivität hat. Die beiden Belgierinnen Kim Clijsters und Justine Henin-Ardenne, deren Namen Heribert Faßbender so unvergleichlich auszusprechen versteht, beweisen, dass es keiner Muskelpakete bedarf, um an der Weltspitze zu stehen. Die jüngste Wimbledon-Siegerin aller Zeiten, Maria Scharapowa, wirkt geradezu schmächtig. Sie ist ein Beispiel dafür, wie gut die Russen verstanden haben, dass mit Tennis großes Geld zu verdienen ist, wenn man seine Kinder früh genug dazu bringt, ernsthaft zu trainieren. Anastasia Myskina hat 2004 Roland Garros gegen ihre Landsfrau Dementiewa gewonnen. Außer diesen beiden waren in der ersten Runde der US-Open: Kusnetsowa, Kirilenko, Lichotsewa, Petrowa, Jidkowa, Panowa, Bowina, Chakwetadze, Duschewina, Linetskaja, Safina und Zwonarewa, insgesamt 15 Russinnen. Bei diesem Andrang ist es dann auch kein Wunder, dass der Titel von Swetlana Kusnetsowa im Finale gegen Jelena Dementiewa geholt wurde. Drei aufeinander folgende Grand-Slam-Turniere mit Russinnen als Siegerinnen, und noch dazu drei verschiedene, beweisen, dass sich die Williams-Schwestern und die beiden Intim-Feindinnen aus Belgien für die Zukunft warm anziehen müssen. So war es keine Überraschung mehr, dass Maria Scharapowa das WTA Masters-Finale in einer Neuauflage des Wimbledon-Endspiels gegen Serena Williams gewann. Gemeinsam sind beiden ihre grässlichen Väter, wobei mir der alte Williams geradezu gemäßigt vorkommt neben dem extrovertierten Proleten Juri Scharapow, der sich nicht scheute, zu der frisch gebackenen Weltmeisterin auf den Platz zu laufen und damit die Tennis-Etikette grob zu verletzen. Ich kann daher die Fed-Cup-Siegerin Myskina gut verstehen, die wegen des Alten nicht mit der kleinen Scharapowa in einer Mannschaft spielen will.

Dieser Frauen-Power stehen keine vergleichbaren Erfolge der russischen Herren gegenüber. Sind Männer in Russland weniger bereit, sich zu quälen, oder ist es der Wodka, der für dieses Missverhältnis sorgt? Das Maß aller Dinge beim stärkeren Geschlecht ist zurzeit Roger Federer, der Lleyton Hewitt in New York bei seinem Dreisatzsieg nicht nur keine Chance ließ, sondern ihn mit zwei 6:0-Sätzen geradezu lächerlich machte. Nur mit Roland Garros hat Federer dieselben Probleme wie einst Boris Becker. Als ich ihn 2003 dort sang- und klanglos untergehen sah, hätte ich nie darauf gewettet, dass er wenige Wochen später Wimbledon gewinnen würde. Inzwischen ist er eine Ausnahmegestalt wie vor ihm Sampras, was Hewitt nach seiner Niederlage mit Recht bemerkte, nur dass Rogers Tennis noch eine Spur vollkommener ist. Das hat allerdings nicht verhindert, dass er im Halbfinale der Australian Open 2005 Marat Safin unterlag, der das Turnier dann auch gewann.

Den habe ich zum ersten Mal im Jahre 2000 in Roland Garros gesehen. Nicolas Kiefer, mit dem mich die gemeinsame Sympathie für 96 verbindet, flog bereits in der ersten Runde aus dem Turnier. Etwas weiter brachte es Tommy Haas. Die Schwarzmarktpreise für Karten hatte astronomische Höhen und es gelang mir, Frau Renate und Tochter Roberta davon zu überzeugen, auf das Lifeerlebnis zu verzichten. Dafür versprach ich ihnen, dass sie mich im Fernsehen direkt hinter dem Schiedsrichterstuhl sehen würden. Ich hielt Wort. Bis dahin hatte ich aber Blut und Wasser geschwitzt aus Furcht, ein gefälschtes Ticket gekauft zu haben, denn es sah völlig anders aus als die der anderen, die Einlass begehrten. Es war eben ein Logenplatz. Tommy hatte Marat Safin leider nicht viel entgegenzusetzen und erlöste mich von dem Problem, wie ich weitere Kartenkäufe finanzieren sollte. Am schönsten finde ich Roland Garros sowieso, wenn es noch nicht teuer ist, am so genannten Benny-Berthet-Tag, dem Sonntag vor Turnierbeginn. Dann spielen alle, wenn auch nur einen Satz mit neun Spielen. Es geht um nichts und die Atmosphäre ist locker und fröhlich.

Das deutsche Tennis ist wieder dort, wo es vor der kurzen Glanzzeit mit Becker, Stich und Graf war: im Mittelmaß. Typen, die Talent zeigen, wie Nicolas Kiefer und Tommy Haas, sind anscheinend zu keiner konstanten Leistung fähig. Die Finalteilnahme von

Rainer Schüttler in Melbourne 2003 blieb eine Eintagsfliege. Er scheidet seither regelmäßig in der ersten Runde aus, auch wenn er wie in Flushing Meadows 2004 zwei Matchbälle im dritten Satz hat. Sein Bezwinger im Finale der Australian Open 2003 dürfte sich einigen Ärger eingehandelt haben, als er öffentlich versprach, nach einem Sieg mit seiner Gattin bei den French Open im gemischten Doppel anzutreten. Die Lady wirkte »not amused« und hat Agassis Pläne mit einer erneuten Schwangerschaft durchkreuzt. Dafür trat Steffi 2004 in New York zu einem Schaukampf gegen das amerikanische Abfahrtsass Bode Miller und in Berlin gegen ihre alte Rivalin Gabriela Sabatini an.

Ich habe Kiefer bei all seinen Einsätzen in Roland Garros beobachtet, die meist nur von kurzer Dauer waren. Es tut weh, so viel Talent zu sehen, von dem er mehr als jeder andere der aktiven Deutschen hat, und wie wenig er daraus macht. In solchen Momenten kann ich den Ärger von Boris Becker auf Nicolas nachvollziehen. Wie schon gesagt, Tennis wird im Kopf gewonnen.

Nicht anders als bei den Tennisherren ist die Lage unserer Damen. Barbara Rittner, die eigentlich eine kräftige junge Dame ist, wirkt gegenüber einer Serena zerbrechlich und entsprechend ist ihr Spiel. Anke Huber hat es nie geschafft, aus dem Schatten von Steffi Graf zu treten. Sie hat die Konsequenz gezogen und ist zurückgetreten. Wie Steffi verstand auch sie es, dem Spiel eine Wende zu geben, allerdings zu ihren Ungunsten.

6.

Talfahrt

Einmal im Jahr gebe ich mich der Illusion der Schwerelosigkeit hin, blicke aus großer Höhe auf die Landschaft, rase von Ort zu Ort, ohne dass es auf das Ziel ankäme. Der Rausch der Geschwindigkeit ist es, den ich suche. Nein, nein, ich fliege nicht! Das wäre mir unmöglich, denn ich habe Höhenangst. Ich laufe Ski und das seit meinen Kindertagen. Damals habe ich den Sport noch in Überfallhosen gelernt, auf Esche-Hickory verleimt, mit Bambusstöcken und Bindungen, die ich mir über die Hacken zerrte, um sie dann in Kniebeuge mit großer Anstrengung zu schließen. Sie öffneten sich nicht, wenn man stürzte, und waren Ursache für die lustigsten Verdrehungen der Beine. Gelacht haben aber nur die anderen.

Meinen Skiern verdanke ich die Kenntnis von Regionen, die ich ohne sie nie kennen gelernt hätte, denn ich bin nicht der Typ, der wandert oder auf Berge steigt. Sie geben mir das Gefühl unendlicher Freiheit, ich sehe ein Ziel und schon bin ich da. Eigenartigerweise kann ich ohne Angst in ein tausend Meter unter mir liegendes Tal schauen, obwohl mir sonst auf einer Zwei-Meter-Leiter mulmig wird. Das gilt jedenfalls, solange ich nicht in einem Sessellift sitze. Dann habe ich schon mit Anfällen von Panik zu kämpfen, vor allem wenn er wie in Val Thorens über ein fünfstöckiges Haus führt und mir klar wird, wie hoch ich über dem Boden schwebe. Auch das Überqueren von Tälern fordert meine ganze Kraft. Bei Liften, die abwärts fahren, muss ich meine Augen schließen. In dem Dunkel erreicht mich die Stimme meiner jüngsten Tochter Roberta, die mir zuflüstert: »Spring, Papi, spring!« Habe ich schon erwähnt, dass ich nette Kinder habe?

Alpinen Skilauf kann man nur im öffentlich-rechtlichen Fernsehen sehen. Wahrscheinlich verdienen die Läufer den Privatsendern nicht genug. Es ist mir ein Rätsel, warum die Skiprofis, die in jedem Rennen ihre Gesundheit und manchmal auch das Leben riskieren, nicht besser bezahlt werden.

In meiner Jugend war die Welt klar aufgeteilt: Die Vertreter der alpinen Disziplinen kamen, wie es der Begriff nahe legt, aus den Alpenländern. Die Skandinavier waren von Haus aus für die nordischen Varianten zuständig, den Langlauf und das Springen. Die Deutschen, die dazwischen liegen, konnten ein bisschen von beidem. Das gilt heute alles längst nicht mehr. Ingemar Stenmark hat mit dem Rekord von 86 Weltcup-Siegen als Erster bewiesen, dass auch ein Schwede Spitze sein kann, wenn es steil wird. Ihm folgte frischer Wind aus Norwegen: Finn Christian Jagge, Ole-Kristian Furuseth, Erik Haker, um nur einige zu nennen. Die erfolgreichsten Norweger sind die beiden alten Kämpen Kjetil-Andre Aamodt und Lasse Kjus, die beide auch schon den Gesamt-Weltcup holten und heute immer noch mitfahren.

Was der brave Ingemar für die Herren war, ist seine Landsfrau Pamela Wiberg für die Damen. Auf den Spuren ihrer Erfolge ist eine ganz Reihe von Skandinavierinnen aufs Treppchen gefahren. Alle sind Draufgänger, wirken ein wenig pummelig, haben rote Backen, einen langen Zopf und ein fröhliches Lachen im Gesicht.

Heute scheint es nicht mehr wichtig zu sein, woher man kommt, um ein Rennen zu gewinnen. War der Sieg im olympischen Slalom von Sapporo des Spaniers Francisco Fernandez Ochoa noch eine Sensation, so haben wir uns inzwischen daran gewöhnt, Australier, Kroaten, Liechtensteiner, Luxemburger, Neuseeländer, Slowenen und Russen vorne zu sehen. Und umgekehrt mischen die Italiener und Franzosen in den nordischen Disziplinen kräftig mit. Die Söhne Galliens waren die innovativsten, was den alpinen Skisport angeht. Sie haben die Eiform und den Metallski erfunden. Heute fährt alles nur noch Plastik, vorzugsweise gecarvt. Die Ausrüstung ist so gut, dass es eigentlich keines großen Talentes bedarf, um den Hang hinunter zu kommen, sollte man meinen. Dennoch versteht es meine Frau, mich jedes Jahr damit zu überraschen, dass sie alles bislang Gelernte vergessen hat und bei Null anfängt. Ihr Problem ist, dass sie das Skilaufen erst in einem Alter erlernt hat, in dem man gegenüber Lektionen und Versprechungen skeptisch bleibt. Sie weigert sich, dem perfekten Material zu vertrauen. Sie will nicht verstehen, dass es ihren Schwung erleichtert, wenn sie sich zum vermeintlich gefährlichen Tal neigt, statt an der sicheren Bergseite zu kleben. Mit anderen Worten: Sie hat Angst. Dieses Gefühl stört auch bei anderen Sportarten, auf Brettern ist es tödlich. Deswegen werde ich auch in Zukunft allein die Berge hinunter flitzen müssen.

Die meisten Siege heimsen die Österreicher ein. Das ist keine Überraschung. In keinem anderen Land hat Skilaufen einen so hohen Stellenwert. Abfahrtsläufe bei Weltmeisterschaften oder in Kitzbühel nehmen bei der Einschaltquote des ORF regelmäßig Spitzenplätze ein und liegen weit vor Fußballübertragungen. Dem legendären Anderl Molterer, dem blonden Blitz aus Kitz, bin ich persönlich begegnet: Wir sind auf der Streif zusammengerasselt, zum Glück ohne nennenswerte Folgen für uns beide. Von Karl Schranz, der fünf Mal der beste Abfahrer der Saison war, über Franz Klammer zu Hermann Maier und Stephan Eberharter reicht die Kette der Ösi-Dominanz, vor allem in der Abfahrt, der einzigen Disziplin, die für einen Österreicher wirklich zählt, insbesondere wenn sie auf der Streif am Hahnenkamm bestritten wird. Der Sieger 2003 im Super-G war dort der »Herminator«, von dem viele geglaubt und manche wie Eberharter gehofft hatten, dass er nie wieder Ski laufen würde. Stephan Eberharter hat sich anschließend mit dem Gewinn der Weltmeisterschaft im Super-G revanchiert und den Hermann auf Platz zwei verwiesen, den er auch noch mit dem Amerikaner Bode Miller teilen musste. Ganz schön unzufrieden war der Maier Hermann, der wenige Monate zuvor noch auf Krücken gegangen war, mit sich selbst. Er habe den Sieg verschenkt, nörgelte er, zu brav und zu rund sei er gefahren. Dafür hat er sich den Gesamt-Weltcup der Saison 2003/2004 geholt und Eberharter und Raich auf die Plätze verwiesen. Bei der WM 2005 hat Maier den ersten österreichischen Sieg im Riesenslalom seit vielen Jahren geholt, nachdem ihn Christian Neureuther, der von Weltmeisterschaften und Olympiaden nie eine Medaille nach Hause brachte, bereits öffentlich abgeschrieben hatte. Als Südtiroler ist eigentlich auch Gustavo Thöni, der viermal den Weltcup als Nummer eins beendete, ein Kind Austrias, und der fünfmalige Weltcup-Gewinner Marc Girardelli, der von seinem Vater trainiert für Luxemburg startete, war es sowieso. Nach dem Rücktritt von Stephan Eberharter knirschte es zunächst in Österreichs Team, weil den erfolgverwöhnten Stars die Schau von dem US-Amerikaner Bode Miller gestohlen wurde. Zweimaliges WM-Gold für Benjamin Raich in der Kombination und im Slalom, dazu Silber im Riesenslalom und Bronze im Super-G für ihn, Maiers Sieg im Riesenslalom und drei weitere Medaillen für Österreichs Herren milderten den Schmerz darüber, dass Miller die Frechheit besaß, auch bei der WM 2005 in der Abfahrt und dem Super-G zu siegen.

Die österreichischen Damen stehen ihren männlichen Kollegen kaum nach, wenn auch die Ausbeute an Stockerlplätzen mit zweimal Bronze in Santa Catarina bescheiden blieb. Dagegen erklingen die Schweizer Kuhglocken seltener als zu den Zeiten von Vreni Schneider, die mir einmal plötzlich im Frühstücksraum einer Pension in St. Moritz gegenüberstand, in natura kleiner als auf dem Bildschirm, wie die meisten Rennläuferinnen.

Zu dieser Spitze zählten unsere Athleten nie, jedenfalls nicht die Männer. Willy Bogner, dessen Gesichtszüge denen von Jean-Paul Belmondo immer ähnlicher werden, habe ich bei einer Reihe von Veranstaltungen, aber nicht mehr auf der Piste erlebt. Man kennt ihn heute als Modeschöpfer und als Kameramann von James-Bond-Filmen. Im Zug von Paris nach Hannover erfuhr ich aus der »Bild« vom Tod seiner Freundin Barbie Henneberger, die mit dem Amerikaner Budd Werner in einer Lawine umkam, weil Bogner trotz Warnungen in einem gefährdeten Schweizer Tal einen Film drehte. Der lustige Markus Wasmaier gewann immerhin neun Weltcup-Rennen, Christian Neureuther siegte sechs- und Armin Bittner siebenmal. Deutsche Slalomspezialisten haben den Ruf, sensibel und schwierig zu sein. Dass der Tanz um die Stangen nicht zwangsläufig schlechte Laune macht, beweisen Männer wie Alberto Tomba, der immer für einen Spaß zu haben war. Aber ob geradeaus oder in Kurven, die deutschen Herren fahren der Weltelite hinterher. Max Rauffer wusste bei der WM 2003 in St. Moritz nur bis zur ersten Zwischenzeit zu überzeugen, bei der er den drittbesten Wert erzielte. Das Frohlocken in der Stimme von Gerd Rubenbauer erstarb jäh, als sich bei Rauffers nächstem Sprung die Skispitzen in die Höhe hoben und er unsanft auf seinem Allerwertesten landete. Felix, der Sohn von Rosi Mittermaier und Christian Neureuther, gab im zweiten Durchgang des Slaloms, in dem er Bestzeit lief und mit dem 15. Platz erfolgreichster Deutscher bei der Weltmeisterschaft war, Anlass zu Hoffnungen, die sich zwei Jahre später in Bormio nicht erfüllen sollten.

Besser sieht es da schon bei den Frauen aus. Unsere Gold-Rosi war 1976 die erste Deutsche, die den Gesamt-Weltcup gewann. Insgesamt verbuchte Rosi Mittermaier zehn Siege in Weltcup-Rennen für sich. Irene Epple gewann elfmal. Dennoch bedurfte es einer Intervention des damaligen Bundesfinanzministers Theo Weigel, damit sie im Olympiateam starten durfte. Dass sie ihn aus Dankbarkeit gleich geheiratet hat, halte ich für etwas übertrieben. Noch besser konnte es Katja Seizinger mit 36 ersten Plätzen und zwei Gesamterfolgen im World Cup. Unter den Aktiven von heute zählen immer noch die Ski-Seniorinnen Martina Ertl, die vierzehn Mal erfolgreich war, und Hilde Gerg, die schon in allen Disziplinen einen Weltcup-Sieg erzielt hat, insgesamt achtzehn Mal, zu den Glanzlichtern. Zur Weltmeisterschaft in St. Moritz deutete sich eine Wachablösung an. Ein achtzehnjähriges Küken mit dem Namen Maria Riesch sagte nach der Kombinationsabfahrt, in der sie vor Ertl lag: »Die Martina lass ich nicht mehr vorbei!« Sie hielt sich daran und machte den fünften Platz als beste Deutsche. Im Gesamt-Weltcup 2003/2004 belegte sie bereits den dritten Platz vor ihrer Kollegin Hilde Gerg. In der nächsten Saison wollte sie an die Spitze, musste aber verletzt pausieren. So war Martina Ertl mit dem vierten Rang im Riesenslalom bei der Weltmeisterschaft 2005 wieder einmal die Spitzenfahrerin der Damen, die zum zweiten Mal hintereinander ohne Medaillen blieben.

Wie es anders geht, beweist das kroatische Familienunternehmen Kostelic, das Sieg um Sieg für ein Land holt, das ziemlich frei von Bergen ist. Der alpine Skiverband zeigte Einsicht und band, beflügelt vom Beispiel der Langläufer und Kombinierer, bei denen neben Behle mit Hermann Weinbuch ein weiterer ehemals Aktiver zum Erfolg beitrug, mit Markus Wasmaier und Christian Neureuther zwei seiner schärfsten Kritiker ein. Vom österreichischen Skiverband wurde Werner Margreiter als Cheftrainer geholt, dem jetzt Marc Girardelli als Berater zur Seite gestellt wurde. Bei so viel Ösi-Know-how musste es doch einfach einmal klappen! Prompt stellten sich die ersten Weltcup-Siege für deutsche Männer seit mehr als zehn Jahren ein. Nur dass die Protagonisten schon über dreißig sind, dämpft den Glauben an eine bessere Zukunft. Die qualvolle Strecke der Niederlagen bei Weltmeisterschaften endete für die Deutschen 2005 in Bormio mit dem erstmals durchgeführten Team-Wettbewerb. Unsere Mannschaft mit den Geschwistern Ertl, Hilde Gerg, Florian Eckert, Monika Bergmann-Schmuderer und Felix Neureuther triumphierte sensationell vor den favorisierten Österreichern, während die USA wieder einmal bewiesen, dass sie im Team schwächeln. Vielleicht erklärt das auch ihre politischen Alleingänge.

Stürze mit Verletzungen gehören zum Alltag eines Skiläufers. Mario Matt aus Österreich hat es allein im

Jahr 2002 dreimal erwischt. Aber die Sportler werden auch schneller wieder fit. Während meine erste Frau nach ihrem Kreuzbandriss fast ein Jahr und viel Krankengymnastik brauchte, um wieder ein funktionsfähiges Bein zu bekommen, schaffte Stephan Eberharter das schon nach vierzehn Tagen. Anschließend gewann er Weltcup-Rennen und die Weltmeisterschaft im Super-G. Hilde Gerg machte es ihm nach, mit allerdings nicht ganz so glanzvollen Resultaten. Natürlich geht es nicht immer so glimpflich aus. Der Schweizer Silvano Beltrametti ist seit seinem Sturz in Val d'Isère im Dezember 2001 querschnittgelähmt und sitzt in einem Rollstuhl. Aber es kann noch schlimmer kommen: 1994 stürzte die Österreicherin Ulrike Maier in Garmisch-Partenkirchen und blieb bewegungslos auf der Piste liegen. Sie wurde mit einem Hubschrauber abtransportiert, obwohl sie bereits tot war. Nach einer Stunde wurde das Rennen fortgesetzt. Die Zuschauer wurden in dem Glauben gelassen, dass Ulrike noch am Leben sei. Gewonnen hat die anschließend startende Isolde Kostner zum ersten Mal in ihrer Karriere, weil der Pistenzustand inzwischen ein ganz anderer war. Ich habe es als pietätlos empfunden, dass das Rennen nicht abgebrochen wurde, obwohl man das Motto »the show must go on« auch von Autorennen kennt. Dort könnte man zynisch sagen, dass die Millionengehälter der Fahrer eine Prämie für das Risiko des menschlichen Totalschadens enthalten. Außerdem stirbt in der Formel 1 auch bei spektakulären Crashs zum Glück meist niemand mehr. Dagegen schlägt der Tod auf der Piste immer wieder zu. Im Oktober 2001 verlor die Weltcup-Gewinnerin im Super-G, Régine Cavagnoud, ihr Leben nach der Kollision mit einem deutschen Trainer.

Trotz dieser Gefahren lässt die Dramatik alpiner Skiwettkämpfe zu wünschen übrig, da die Läufer nur gegen die Uhr laufen. Der Fernsehzuschauer kann sich noch dank eingeblendeter Zwischenzeit mit Vergleich zum Führenden ein Bild machen, wie gut derjenige ist, der gerade die Piste herunter kommt. Die Menschen, welche die Hänge säumen, müssen ohne dieses Hilfsmittel auskommen, die Veranstaltung ist daher für sie stinklangweilig, soweit sie nicht auf einer Leinwand die Fernsehübertragung verfolgen können. Man hat den halbherzigen Versuch mit Parallelslaloms gemacht, wo zwei Wettbewerber auf parallelen Kursen gleichzeitig die Strecke bewältigen. Warum geht das eigentlich nur beim Slalom? Könnte nicht auch eine Parallelabfahrt einiges an Höhepunkten bringen, insbesondere, wenn die Konkurrenten die gleiche Linie wählen? Aber man könnte noch weiter gehen. Beim Langlauf setzt sich mehr und mehr der Massenstart durch, weil es einfach spannender ist, Zeuge direkter Duelle zu werden, als zu beobachten, wie ein Läufer einsam seine Spuren zieht. Man sollte diese Idee auf die alpinen Wettbewerbe übertragen, um ganz neue Schichten von Fans zu gewinnen. Stellen Sie sich das Gemetzel zwischen den Slalomstangen vor und die spektakulären Kollisionen bei Abfahrt und Super-G! Millionen, die sich heute bei der Formel 1 langweilen, würden auf Skilaufen umschalten und die Einkünfte aus der Werbung würden so steigen, dass endlich auch Skiläufer richtig Geld verdienen könnten.

In Skidörfern herrscht eine lockere Stimmung. Es hat den Anschein, dass Frauen, die sich von den Hängen stürzen, bereit sind, sich auch außerhalb der Piste fallen zu lassen. Natürlich trägt der Alkohol in konzentrierter Form, zu dem nach und oft auch während des Sports gern gegriffen wird, zum Frohsinn bei. Aber wie lange du auch gefeiert und getanzt hast, wie viele Zigaretten und Promille dein Körper erleiden musste, schon nach wenigen Kilometern auf den Brettern bist du wie neu. Die klare, kalte Luft, die körperliche Anstrengung, die Lust an der Geschwindigkeit lassen dich wie Phoenix aus der Asche aufstehen. Genuss ohne Reue, das gibt es nur auf Skiern!

Ich weiß nicht, ob das auch für die Langläufer gilt. Nach einigen Versuchen im Harz habe ich entschieden, dass dieser Sport für mich nichts ist. Die deutschen Vertreter dieser Disziplin sind im Gegensatz zu ihren alpinen Kollegen in der Regel erfolgreich. Bei den nordischen Weltmeisterschaften 2003 in Val di Fiemme mussten sie nur Norwegen den Vortritt lassen. Besonders spannend war die Königsdisziplin, die 4x10-Kilometer-Staffel der Männer. Die Norweger brachen mit ihrem ersten Läufer ein und lagen mehr als zwanzig Sekunden zurück. »Norwegen verliert!«, verriet Jochen Behle unserem Startläufer Filbrich, der gemeinsam mit einem Schweden seine Bahn zog. Dass vor dem Paar ein Schweizer und ein Amerikaner lagen, beunruhigte mich nicht, diese Nationen würden nicht durchhalten. Das Gesicht des norwegischen Königs verfinsterte sich. Seine Untertanen waren schließlich als hoher Favorit gestartet, aber Opfer einer Virusinfektion geworden. Schon am Tag zuvor hatte er mitansehen müssen, wie seine Landsfrau Pedersen den sicheren norwegischen Sieg durch einen Sturz vergab. Claudia Künzel zog an ihr vorbei und übergab das Holz mit Führung an Evi Sachenbacher, die wie schon bei Olympia 2002 Gold sicherstellte. Norwegen hatte zusätzlich auch noch Finnland den Vortritt lassen müssen. Bitter! Und nun das! In der zweiten Runde ging erwartungsgemäß dem Amerikaner die Luft aus und auch unserem Andreas Schlütter, der über zwei fünfte Plätze in den Einzelwettbewerben

Tränen vergossen hatte. Er bekam die »Blaumeise«, Schweden zog davon, Deutschland fiel auf den fünften Platz zurück. Überraschend waren die Schweizer nach der Hälfte der Strecke immer noch vorne. Dann holte René Sommerfeldt ein wenig auf und konnte den Stab unserem Schlussläufer Axel Teichmann als Viertem hinter dem in Schwung gekommenen Norwegen, Russland und dem mit 35 Sekunden anscheinend uneinholbar führenden Schweden in die Hand drücken. »Eloffson hat Probleme«, rief Behle unserem Läufer zu, entweder weil der Wunsch der Vater des Gedankens war oder er den René mit den imaginären Schwierigkeiten des Schweden motivieren wollte. Teichmann und Alsgaard machten sich an die Verfolgung des Russen, beide von Behle angefeuert. Der Schwede Brink war für sie zu weit weg. Die Nation, die Langlauf über alles liebt, stand vor ihrem ersten großen Triumph nach einer Durststrecke von zehn Jahren. Der russische Widerstand war härter, als es der norwegisch-deutschen Kooperation lieb war, erst kurz vor dem Ziel wurde der Russe eingeholt. Und dann geschah das Wunder, das selbst Behle die Sprache verschlug. Brink »explodierte«, er stand mehr auf der Piste, als dass er lief. Aus den Partnern Teichmann und Alsgaard wurden auf einmal Konkurrenten um Gold. Der erfahrene Norweger entschied das Rennen im Spurt mit einem Vorsprung von zwei Zehntel Sekunden nach vierzig Kilometern für sich. König Olaf strahlte wieder, als er seinen und unseren Männern die Hand schüttelte. Italien landete abgeschlagen auf dem zehnten Rang. Grund zur Freude hatten sie bei der WM im eigenen Land wahrlich nicht. Dafür hielten sie sich zwei Jahre später in Oberstdorf schadlos, während nunmehr die deutschen Läufer in den Einzelwettbewerben Opfer des Gastgebersyndroms

wurden. Die Kombinierer hielten mit Gold für Ackermann, Silber für Kircheisen und Silber mit der Mannschaft die schwarzrotgoldene Fahne hoch. Dann kam
die 4x10-Kilometer-Staffel: Schon bald schien das
Rennen entschieden, als Russland und Norwegen fast
eine halben Kilometer zwischen sich und die Verfol-
ger legten. Nach einem guten Rennen von Startläufer
Jens Filbrich brach Andreas Schlütter ein und als auch
Tobias Angerer »blau« wurde und mit 1:36 Minuten
Rückstand auf den Italiener Zorzi an Axel Teichmann
übergab, schien auch Bronze verloren. Spannung kam
erst wieder auf, als der Russe in die Krise geriet und
Italien die Chance auf Silber witterte. Doch bei seiner
Aufholjagd hatte nun offensichtlich der Italiener seine
Kräfte verbraucht und Teichmann packte ihn vor der
letzten Steigung. »Den Russen holst du dir auch noch!«
feuerte Behle ihn an, und auf der Zielgeraden schob
sich unser Läufer tatsächlich unter dem frenetischen
Jubel der Zuschauer auf den zweiten Platz. Silber in
der Königsdisziplin hinter Norwegen wie vor zwei
Jahren. Das versöhnte mit vielem. Obwohl ihnen das
Rennen in den Knochen steckte, holten Filbrich und
Teichmann am nächsten Tag in der erstmals ausgetra-
genen Disziplin Team-Sprint ebenfalls Silber wieder
hinter den Norwegern. Das schwedische Königspaar
sah die Tränen von Marit Björgen, die als erste Nor-
wegerin das Rennen über 30 Kilometer gewann und
mit insgesamt fünf Medaillen zur Queen von Oberstdorf wurde, und den dreifachen Triumph der norwegischen Männer über 50 Kilometer. Zum Abschluss
der WM krönte Ronny Ackermann seine Leistung mit
dem Sieg auf der Sprintstrecke.

In Val di Fiemme begann die Krise der deutschen
Adler. Keine Medaille für das Team und in den Einzelwettbewerben. Der den Weltcup zu diesem Zeit-

punkt anführende Sven Hannawald landete nur unter ferner liefen. Wann hatte es das schon einmal gegeben? Dagegen verteidigte Adam Malysz, der das Siegen verlernt zu haben schien, seinen Titel auf der Großschanze vor Matti Hautamäki, dem eigentlichen Favoriten. Mit auf dem Podest stand der 30-jährige Oldie Noriaki Kasai, der zuletzt auch im Schatten gestanden hatte. Malysz und Kasai belegten auch im Springen von der Normalschanze die Plätze eins und drei. Nur auf Platz 35 von der Großschanze landete Janne Ahonen, der im Januar noch die Vierschanzen-tournee zum zweiten Mal gewonnen hatte und diesen Erfolg 2005 wiederholen sollte. Die haben zwar schon viele für sich entschieden, aber keiner mit einem Sieg bei allen vier Wettbewerben wie Hannawald 2002.

Auch nach der Weltmeisterschaft sprangen die Deut-schen hinterher. Sven Hannawald entdeckte die Mode-krankheit Erschöpfungssyndrom und wird vielleicht nie wieder springen. Der Gewinn der Silbermedaille bei der WM 2005 in der Mannschaftskonkurrenz auf der kleinen Schanze knapp hinter den Österreichern, der früher Spott und Enttäuschung ausgelöst hätte, wurde in den Medien wie ein Sieg gefeiert, zumal Martin Schmitt endlich wieder an frühere Leistun-gen anknüpfen konnte. Nachdem der Slowene Ben-kovic im Einzelwettbewerb vor dem Tschechen Janda und Ahonen Gold geholt hatte, überraschte der dritte Platz seines Landes nicht mehr. Leer gingen Finnland und Norwegen aus. Auf der Großschanze holte Aho-nen dann im Einzelwettbewerb endlich das ersehnte Gold für Finnland vor dem Norweger Ljökelsöy und Janda, in der Mannschaft war wieder Österreich vorn, diesmal vor Finnland und Norwegen. Die Deutschen sprangen im Einzel wie im Team mit deutlichem Ab-stand hinterher. Dennoch war es keine Horror-Leistung, wie die »Bild« titelte, deren Berichte von der Weltmeisterschaft wieder einmal unterstes journalistisches Niveau erreichten.

7.

Auf der Suche nach dem verlorenen Ball

Ein kleiner, weißer Ball steigt in den Himmel, auf seinem Flug von der Kamera begleitet. Sekundenlang bleibt dem Zuschauer das Ziel seiner Reise verborgen, und wenn die Kugel dann auf eine mehr oder weniger große grüne Fläche plumpst, wüsste er immer noch nicht, ob es ein guter Schlag war, wenn ihn der Kommentator nicht aufklärte. Bei Äußerungen wie »die Kugel wurde tot an den Stock gelegt« glaubt man allerdings, beim Golfkrieg und nicht beim Sport gleichen Namens zu sein. Früher war für mich die Übertragung von Golfturnieren im Fernsehen das Langweiligste, was ich mir vorstellen konnte. Ich konnte schwer nachvollziehen, dass ein Putt aus einem halben Meter Entfernung, der mir bar jeder Dramatik schien, ebenso zählte wie ein Gewaltschlag mit dem Driver. Die meiste Zeit sieht man Männer in der Hocke, die endlos lange Minuten versuchen zu lesen, wie der Ball auf dem Grün wohl rollen wird. Abgesehen davon ist es auch nicht gerade ein ästhetischer Hochgenuss, dicklichen Herren zuzuschauen, die ihren Körper skurril verrenken.

Seit fünfzehn Jahren ist das ganz anders. Nach einer Hallensaison im Tennis hatte ich das Gefühl, dass meine Knie das nicht mehr lange mitmachen würden, und fing vorsorglich mit dem Golfspielen an. Ein eigenartiger Sport, der darin besteht, einen winzigen Ball mit ungeeignetem Gerät über große Distanzen in ein zu kleines Loch zu befördern. Sport? Bei dem Wort kommen mir immer noch Zweifel. Gewiss, ich bin nach achtzehn Löchern auch müde, jedenfalls wenn ich den Caddie in einer Berg-und-Tal-Landschaft hinter mir her gezogen habe, weil ich mich weigere, eines dieser abstrusen Fahrzeuge zu benutzen, die aus den USA kommend auch in Europa auf dem Vormarsch sind. Aber man ist nie außer Atem geraten, hat nie geschwitzt, außer vor Angst, den Schlag vor den Augen der anderen zu verziehen. Golf ist eher ein schöner Spaziergang, den man sich gründlich verdirbt, wie Mark Twain meint. Auch die Typen, denen man auf seiner Runde begegnet und die so aussehen, als hätten sie in ihrem Leben noch keine körperlich anstrengende Aktivität ausgeübt, die aber alle besser spielen als man selbst, sprechen dagegen, Golf mit echtem Sport gleichzusetzen.

Dennoch verfolge ich seitdem die wichtigen Turniere im Fernsehen. Dabei hilft mir, dass die Spieler jünger und athletischer geworden sind. Tiger Woods, der alle Überragende, ist ein Beispiel dafür. Er ist ein so genannter »Longhitter«, einer, der den Ball über 300 Yards (274 m) weit schlagen kann. Das macht bei den Pros eine Menge aus. Für uns armseligen Amateure gilt: Richtung kommt vor Weite. Was ich jedes Mal schmerzlich erfahre, wenn ich mit 200-Meter-Abschlägen weit vom Fairway im Rough lande, während sich meine Frau mit kurzen, aber geraden Schlägen, präzise wie von einer Nähmaschine gesetzt, zielstrebig dem Loch nähert, unspektakulär, aber erfolgreich. Dagegen donnere ich den Ball vom rechten ins linke Rough und umgekehrt. Besonders lustig war das bei unserem Irlandurlaub, wo ich von Düne zu Düne spielen konnte, ohne das Fairway zu berühren. Bei jeder Runde muss ich doppelt so weit laufen wie meine Mitspieler, doch das allein ist noch nicht das Problem. Die Kugel wieder zu finden ist der pure Stress! Dafür mache ich meine Frau verantwortlich, welche die Aufgabe hat, den Flug meines Geschosses zu verfolgen. Ihren Schlägen schaue ich dagegen nie nach. Das ist ja auch nicht erforderlich. So kommt zwischen uns beiden Spannung auf, die ich schon mal dadurch entlade, dass ich einen Witz mache, während sie puttet, was natürlich eindeutig gegen die Etikette ist. Sie hat mir so manches Mal den obligatorischen Handschlag am achtzehnten Loch verweigert.

Etikette spielt eine große Rolle beim Golf. Mit ihr wurde ich während meines ersten Turniers konfrontiert, bei dem es um den Gewinn einer Martinsgans ging, was hinreichend über Jahreszeit und Lichtverhältnisse aussagt. Eine Spielerin in meinem Flight beschwerte sich, dass mein Schatten in ihrer Puttlinie liege. Frauen nehmen es genau mit der Etikette, betrügen dafür aber nicht so ungeniert wie die Herren der Schöpfung. Entgegen landläufigen Meinungen würde ich mit niemandem, mit dem ich schon einmal Golf gespielt habe, Geschäfte machen. Gauner allesamt!

Bei der Etikette gibt es allgemein gültige Regeln und regionale Unterschiede. Zu Ersteren gehört, keinen Lärm zu machen, während ein Schlag ausgeführt wird. Eigentlich selbstverständlich, aber nicht immer befolgt. Mein Onkel, der ein exzellenter Tennisspieler war und diesen Erfolg beim Golfen, das er erst im hohen Alter erlernte, nicht wiederholen konnte, stieß regelmäßig seinen Bag um, wenn seine Lebensgefährtin den Ball ansprach. Er konnte es nicht ertragen, dass sie besser spielte als er. Doch auch ohne eine solche persönliche Motivation ist die Disziplin der Stille beim Abschlag nicht immer gewährleistet. Das gilt nicht für Pro-Turniere, wo hochgehaltene Tafeln die angeregte Unterhaltung unterbrechen. Solche Vergünstigungen habe ich als Amateur mit schlechtem, sprich hohem Handicap natürlich nicht. So manches

Mal hat mich das Gegacker, Gekreische, Gekicher und Gewieher, das keineswegs nur aus weiblichen Kehlen kommt, den Schlag verziehen lassen.

Bei uns in Deutschland darf man nicht in Jeans und T-Shirt zum Golf erscheinen, im Gegensatz zum Mutterland dieses Sports, das entgegen wiederholten holländischen Ansprüchen immer noch Schottland ist. Dort trafen wir auf dem Platz einen Einheimischen mit tätowierten Armen im Unterhemd, der fantastisch spielte. In dem Land der Glens und Lochs ist Golf ein Volkssport. Vom fünfjährigen Kind bis zum Tattergreis schwingt jeder den Schläger zu seinem eigenen Vergnügen und nicht, um sich oder der Umwelt etwas zu beweisen. Dagegen ist in Deutschland die Mitgliedschaft in einem Golfclub für viele gleichbedeutend mit einem Adelstitel oder der Aufnahme bei Rotary, nur dass man sie sich mit Geld erkaufen kann, was für die genannten Beispiele nur begrenzt der Fall ist. Mit anderen Worten: Man trifft dort auf Menschen, mit denen man in seiner Freizeit normalerweise nichts zu tun haben will. Die Franzosen sind nicht viel besser. Die Ehre des gallischen Hahns gebietet es, niemanden durchspielen, also überholen zu lassen, auch wenn der Flight noch so langsam ist. Den Höhepunkt habe ich erlebt, als wir am Abschlag eines Par-3-Lochs warten mussten, weil die Gruppe vor uns nach dem Einlochen noch zehn Minuten lang putten übte. Da ist man schon versucht, ihnen den Ball in die Hacken zu spielen, was natürlich auch ein Verstoß gegen die Etikette ist. Ich habe es dennoch ein paar Mal gemacht und meine Bälle nie wieder gesehen, weil meine »Vorgänger« sie einsteckten. Strafe muss sein!

Der populärste golfende Schotte ist Colin Montgomery. Umso größer war das Entsetzen bei den British

Open 2002 in Muirfield, also zu Hause, als er bei einem Platzstandard von 71 nach einer Auftaktrunde mit 74 Schlägen und 64 am zweiten Tag in der dritten Runde 84 Schläge brauchte. Das war die größte Schmach, die ein Spieler in 142 Jahren British Open erlitt. Gewiss, es regnete in Strömen und stürmte sogar, aber daran müsste der gute Colin doch gewöhnt sein! Nicht viel besser erging es Tiger Woods, der sich mit einer 81er Runde die Chance auf den Gewinn des Grand Slam vermasselte. Unvergesslich ist mir das Bild, wie er sich wütend die rote Kappe vom Kopf riss und zu Boden schleuderte, und auch das des frierenden Japaners Maruyama, der sich in die Hände blies, um sie etwas aufzuwärmen. Am Ende landete Tiger auf dem 28. Platz, gemeinsam mit Bernhard Langer, der im Jahr zuvor noch den geteilten dritten Platz geschafft hatte. In den dreißig Jahren seiner Karriere als Pro konnte er die British Open nie gewinnen, im Gegensatz zu Woods, der 2000 siegte. Den Titel 2002 holte sich der Südafrikaner Ernie Els, der damit bewies, dass auch jemand, der in einem milden Klima aufgewachsen ist, bei nasskaltem Wetter gut golfen kann.

Schottische Plätze haben es in sich. In Carnoustie spielten wir in dichtem Nebel. Die Lage des Balles mussten wir nach dem Gehör erraten. Am neunten Loch fragte ein Aufseher, ob uns der vor uns spielende langsame Flight behindere. Wir hatten ihn bis dahin überhaupt nicht bemerkt. Zwei Jahre später sollte derselbe Platz einem Franzosen zum Verhängnis werden, der damit unsterblich wurde. Niemand würde außerhalb Frankreichs den Namen Jean van de Velde kennen, wenn es nicht das achtzehnte Loch der letzten Runde der British Open 1999 gegeben hätte. Van de Velde hatte den komfortablen Vorsprung von drei Schlägen, der es ihm erlaubt hätte, sogar mit einem Doppel-Bogey, also zwei Schlägen über Par, das Turnier als erster Franzose seit 92 Jahren zu gewinnen. Allein der Sieg reicht jedoch für einen Angehörigen der Grande Nation nicht, er muss auch mit Glanz erzielt werden. Statt vorsichtig mit einem Eisen auf den Fairway zu spielen, holte der brave Jean den Driver heraus und landete auf einer Halbinsel im Flüsschen Barry Burn. Noch war nichts verloren, das Fairway war leicht mit einem Pitch zu erreichen. Aber das war dem Franzosen nicht spektakulär genug und er griff direkt das Grün an. Der Ball prallte gegen die Zuschauertribüne, hüpfte über ein paar Steine und landete im Rough. Van de Velde durchpflügte das hohe Gras mit einem Wedge und beförderte die Kugel in den Barry Burn. Die Zuschauer hielten den Atem an, als der Spieler die Schuhe auszog, sich die Hosenbeine hochkrempelte und durch die eiskalte Flut watete, die aus dem Firth of Tay kommt. Für einen Moment sah es so aus, als ob er den unter Wasser liegenden Ball schlagen wollte. Aber lateinische Vernunft oder das kühle Nass brachten ihn endlich zur Besinnung. Er droppte die Kugel im Rough und schlug sie anschließend in den Bunker. Sein Schlag verpasste das Loch um mehr als zwei Meter, aber der anschließende Putt rettete van de Velde in das Stechen mit Leonard und Lawrie. Paul Lawrie, der das Turnier als Qualifikant erreicht und vor der letzten Runde zehn Schläge hinter dem Franzosen zurückgelegen hatte, gewann die British Open als erster Schotte auf heimatlichem Boden seit 68 Jahren. Der größte Rückschlag eines Spielers im Golf wurde von der britischen Presse mit Häme begleitet. Anders in Frankreich: Im Fernsehen schwang in den Stimmen der Reporter neben dem Entsetzen auch der Stolz darüber mit, dass einer der

Ihren das Utopische versucht hatte. »Unmöglich ist nicht französisch«, fand schon Napoleon. Die Medien feierten ihren Landsmann, weil er mit fliegenden Fahnen unterging. Der tragische Verlierer bekam in unserem Nachbarland eine Popularität, die dem Sieger nie zuteil geworden wäre. Im Hexagon liebt man eben das Drama, auch wenn es einen unglücklichen Ausgang nimmt. Bei uns wäre der Mann vermutlich wegen seiner Dummheit gesteinigt worden. Ich bin auf Gut Kaden einige Löcher mit ihm mitgegangen. Van de Velde spielte völlig unspektakulär. Sollte er aus seiner historischen Niederlage etwas gelernt haben? Das wäre schade!

Nicht nur die berühmten Plätze Schottlands machen Spaß. Fairways am Meer, auf denen der Ball endlos weit rollt, der federnde Boden der Hochmoore und das ungewohnte Erlebnis, den Platz mit Kühen und Schafen und vor allem ihren Exkrementen zu teilen, liefern den Stoff für gute Geschichten zu Hause. Besonders gefallen hat mir ein Platz, wo man beim ersten Abschlag durch das Sehrohr eines U-Bootes spähen musste, um sich zu vergewissern, dass das Fairway frei von Spielern war. Auch sprachliche Missverständnisse bilden Anlass für Heiterkeit. Als wir auf einer Bahn eine am Boden liegende alte Dame antrafen und ihre Begleiterin uns erklärte: »She was slipping«, meinte meine Frau, die Golferin habe ein Nickerchen gemacht und wunderte sich über die Skurrilität der Schotten. Umgekehrt löste es bei ihr ungebremstes Gelächter aus, dass ich am 19. Loch, der Bar des Clubhauses, auf meinen in perfektem Englisch vorgetragenen Wunsch nach »two pints of bitter« zwei Tüten Erdnüsse erhielt.

Das Fabulieren ist beim Golf eigentlich noch wichtiger als das Spiel. Jeder erlebte schon den großen, unvergesslichen Schlag, die einzigartig schwierige Lage des Balles, die er bravourös bewältigt hat – nur, es war niemand dabei. Nach dem Spiel ist etwas völlig anderes als während des Spiels: Dann hört man nur Klagelaute und Gejammer, was es uns schon einmal ermöglicht hat, im Nebel einen Golfplatz zu finden. Es gibt keine glücklichen Golfer. Wer das behauptet, lügt. Schauen Sie sich ein Turnier im Fernsehen an und Sie werden den Beweis meiner These erleben. Genuss ist Golf nie für den Spieler, der permanent Lektionen in Demut erhält, sondern allenfalls für den Zuschauer, der Zeuge wird, wie Topleute Anfängerfehler machen. Ich gebe zu, es ist die Schadenfreude, die mich vor die Mattscheibe treibt. Ich genieße den perfekten Schlag, der kurz neben der Fahne aufkommt und sich, während der Jubel noch braust, wieder in Bewegung setzt, immer schneller werdend auf den Rand des Grüns rollt und von da ins Wasser plumpst. Die vielen Putts, die aus geringer Distanz vorbei geschoben werden, der böswillige Ast, der dem Ball eine andere Richtung gibt, so wie der plötzlich aufkommende Wind, die Kugel, die den Bunker nicht verlassen will. Natürlich können es die Amateure noch besser. Nach dem Abschlag sollte man nicht zu dicht am Ball stehen, sagen die Golfer und meinen damit den Albtraum jedes Aktiven: den Luftschlag. In einer privaten Runde nennt man ihn einen »Mulligan« und zählt ihn jedenfalls zu Beginn des ersten Loches nicht, im Turnier kostet er drei Schläge.

Ich bin durchaus in der Lage, so zu spielen, dass der Ball nach meinem Schlag weiter vom Loch entfernt ist als zuvor. Nicht nur im Wald, wo ich entgegen allen physischen Gesetzen mutig nach vorn schlage und den von einem Baum abprallenden Ball plötzlich zig Meter hinter mir liegen sehe. Einmal hätte ich mich dabei fast selbst zur Strecke gebracht, weil das Geschoss meinen Kopf nur um Zentimeter verfehlte. In solchen Situationen erweise ich mich nicht gerade als Naturschützer, wenn ich auf das schuldige Gewächs mit meinem Schläger eindresche. Ich liebe auch die »Abnäherung«, bei der mir das kurze Spiel vor dem Loch viel länger gerät, als ich das beabsichtigte.

Gegenstand vieler Legenden ist das Hole-in-one, also wenn ein Spieler mit einem einzigen Schlag in das Loch trifft. Manchmal sieht man es bei Pro-Turnieren, aber auch da nur bei Par-3-Löchern. Es gibt das Ass auch unter Amateuren, wie die Ehrenplaketten in Clubhäusern beweisen. Dann kann es allerdings kostspielig werden, denn die Etikette verlangt, dass allen, die zu diesem Zeitpunkt auf der Anlage waren, anschließend eine Runde ausgegeben wird. Deswegen kann man sich gegen dieses Risiko versichern. Nixon bekannte, dass sein Ass ihm mehr bedeutete als seine Wahl zum Präsidenten. Amerikanische Präsidenten sind in der Regel gute und leidenschaftliche Golfspieler. Eisenhower hatte Handicap 16, Kennedy sogar 6, Gerald Ford 11 und Ronald Reagan 12. Die letzten beiden Amtsinhaber können da nicht ganz mithalten. Sie sind dafür bekannt, auch auf dem Golfplatz zu lügen und sich mehr als einen »Mulligan« zu genehmigen. George W. Bushs Mitspieler beschreiben ihn als ungeduldig und aggressiv mit der Attitüde: »Wenn euch mein Spiel nicht gefällt, gehe ich nach Hause.« Das kommt einem aus dem UN-Sicherheitsrat bekannt vor.

Paula Parkinson, die später für den Playboy strippte, behauptete, dass Vize-Präsident Quayle sie bei einer Golfpartie in Florida gefragt habe, ob sie mit ihm schlafen würde. Sie habe abgelehnt, weil sie gerade eine Affäre mit einem Kongressabgeordneten hatte.

Mrs. Quayle kommentierte gefasst: »Jeder, der Dan Quayle kennt, weiß, dass er lieber Golf spielen würde als Sex zu haben.«

Physisch ist das Hole-in-one bei Spielern mit der Reichweite eines Tiger Woods auch auf einem kurzen Par 4 denkbar, aber ich habe noch von keinem Pro gehört, dem das gelang. Im Internet nimmt ein gewisser Jason McIlwain(!) für sich in Anspruch, am 5. Oktober 2000 auf dem Platz des Birchwood Golf Course in Transfer, Pennsylvania, ein Ass auf einem Par 4 von 300 Yards und damit einen Albatros erzielt zu haben. Denkbar, aber wie gesagt, beim Golf wird viel gelogen!

Schon vor dem Irak-Konflikt kam es im Abstand von zwei Jahren regelmäßig zu spannenden Auseinandersetzungen zwischen Europa und den USA, nämlich wenn um den Ryder Cup gespielt wird. Diesen ursprünglich britisch-amerikanischen Leistungsvergleich bestreitet seit 1979 ein gesamteuropäisches Team. Natürlich sind bei uns die Männer von den Inseln in der Überzahl, aber es waren auch schon Schweden, Dänen, Spanier und zehnmal Bernhard Langer dabei. Ein gutes Beispiel des US-Sportsgeistes gaben 1999 die Zuschauer in Brookline, Massachusetts, welche die Spieler in grölenden Massen begleiteten und sich nicht scheuten, beim Sieges-Putt der Amerikaner das Grün zu stürmen, obwohl die Europäer mit ihrem Spiel noch nicht fertig waren. Wir konnten uns erst drei Jahre später in England revanchieren, weil der Ryder Cup 2001 aufgrund der Anschläge vom 11. September verschoben wurde. Die Amis scheuten das Risiko, aber das heilige Grün anzugreifen würden auch Terroristen nicht wagen, zumal in arabischen Staaten inzwischen ganz munter Golf gespielt wird. 2004 mussten die Europäer dann wieder in die USA, diesmal mit Bernhard Langer als Captain. Das ersparte uns das Risiko seines nicht immer konstanten Spiels und er fuhr den höchsten Sieg in der Geschichte des Ryder Cups ein. Wir verfolgten das Turnier in Irland im Fernsehen und in der einheimischen Presse, die diesem Ereignis über Wochen täglich mehrere Seiten widmete. Ein Amerikaner, den ich auf dem Golfplatz traf, sagte den Untergang seiner Mannschaft vorher, weil diese kein Team sei. Der Mann sollte Recht behalten! Die US-Boys, die eindeutig bessere Weltranglistenplätze vorzuweisen hatten, versagten, während die Europäer Leistungen weit über ihrem Niveau brachten, allen voran wieder einmal Monty, den Langer trotz einer schwachen Saison wegen der Trennung von seiner Ehefrau mit einer Wildcard gebracht hatte. Ich feierte den Sieg mit einem Nordiren und natürlich mit irischem Whiskey, was die unangenehme Konsequenz hatte, dass ich mich nachts im Schlafanzug im Hotelflur wiederfand. Auf der Suche nach der Toilette hatte ich mich in der Tür vertan. Da meine Ehefrau auf mein Klopfen nur mit Schnarchen reagierte, musste ich mich auf den Weg zur Rezeption machen, was in meinem alkoholisierten Zustand nicht ohne Probleme war. Der Portier zeigte sich weder von meinem Aufzug noch von der Tatsache beeindruckt, dass ich mich ums Verrecken nicht an meine Zimmernummer erinnern konnte. Da ist es schon hilfreich, Urlaub in einem Land zu machen, das der Begegnung mit harten Getränken keineswegs aus dem Wege geht. Das nächtliche Grölen, das einen bis in die Hotels verfolgt, insbesondere seitdem die Iren draußen rauchen müssen, ist demgegenüber ein akzeptables Übel.

Golfen in Irland ist wegen des sich ständig ändernden Wetters ein besonderes Erlebnis. »Wenn Ihnen das Wetter nicht passt, kommen Sie in einer Stunde wieder«, sagen die Iren. Ich habe im September mit Winterhandschuhen gespielt und war trotz Regenkleidung bereits am dritten Loch bis auf die Haut durchnässt. Am nächsten Tag war ein Polohemd fast zu warm. Besonderen Spaß macht der Wind, der auch meine Frau zum Longhitter werden lässt, wenn sie ihn im Rücken hat. Umgekehrt trieb der Sturm einen Ball, den ich erfolgreich über eine Meerenge geschlagen zu haben glaubte, zurück ins Wasser. Wie seine keltischen Brüder in Schottland spielt auch jeder Ire Golf. Die erste Frage beim Zahnarzt war: »Was ist Ihr Handicap?« Ich konnte ihn beeindrucken. »So ein hohes haben wir hier gar nicht!« meinte er.

Während die amerikanischen Amateure über den Atlantik jetten, um in Irland Golf zu spielen, zieht es die Pros in die umgekehrte Richtung. Immer mehr Europäer nehmen an der PGA-Tour in den USA teil. Der Grund ist einfach: Es wird dort besser verdient. Angeblich ist auch das Wetter angenehmer, was man bezweifeln darf, denn im Februar 2003 wurde die erste Runde in San Diego wegen Nebels abgebrochen. Zum Glück für Bernhard Langer, der es bis zum 15. Loch auf fünf Bogeys gebracht hatte. Auch er verdient seine Brötchen vorzugsweise auf der anderen Seite des Atlantiks. Was Boris Becker für das Tennis bedeutet, ist Langer beim Golf. Kein anderer Deutscher hat so viele Turniere gewonnen, darunter zweimal das Masters in Augusta. 2003 schaffte Bernhard dort nicht einmal mehr den Cut, holte sich dafür im Folgejahr den geteilten vierten Platz. Seine Karriere war öfter bedroht. Jahrelang ließ ihn das Phänomen des »Yips« die Hand beim Putten im letzten Moment verziehen und den Ball am Loch vorbei schieben. Seither spielt er mit einem überlangen Putter, um das Problem in den Griff zu bekommen. Zurzeit läuft es für ihn als Spieler nicht übermäßig gut, sein letzter Sieg war 2002 bei den Volvo Masters in Valderrama gemeinsam mit Colin Montgomery.

Bernhard Langer sind nicht viele gefolgt. Alexander Cejka, der in Marienbad geboren ist und in Prag lebt, aber für Deutschland startet, gewann 2002 die Trophée Lancome und den Galeria Kaufhof Pokal. Der Hamburger Sven Strüver hatte seinen vierten und letzten Turniersieg 1998. Tobias Dier ließ 2002 aufhorchen, als er die Dutch Open gewann, sein zweiter Sieg auf der European Tour. Diese flüchtet in den Wintermonaten nach Südafrika und Australien. Dort glaubte ich beim ANZ-Turnier meinen Augen nicht zu trauen, als das Leaderboard gezeigt wurde. Die Führenden lagen alle deutlich im positiven Bereich, und das musste heißen, dass alle weit über Par gespielt hatten. Das Missverständnis klärte sich schnell auf. Es wurde nach einem modifizierten Stableford gezählt: Für ein Birdie gab es zwei Pluspunkte, fünf für einen Eagle, beim Bogey gab es einen Minuspunkt und beim Doppel-Bogey drei, danach konnte man den Ball aufnehmen. Mir gefällt diese Zählweise besser als die traditionelle, die jeden Schlag gleich bewertet. Denn sie belohnt den Mut und bestraft das Risiko geringer, sorgt also für ein spannenderes Spiel.

In der breiten Öffentlichkeit ist der Name von Annika Sörenstam kaum bekannt. Dabei gilt sie als die beste Golferin der Welt, der weibliche Tiger Woods. Aber die Golfturniere der »Proetten« stehen anders als im Tennis nicht gerade im Mittelpunkt des Zuschauerinteresses. 2003 spielte sie das Colonial, ein klassisches Herrenturnier in Fort Worth, mit. Die Schwedin war dort eingeladen, anders als Martha Burk, die ihre Aufnahme in den Augusta National Golf Club erzwingen wollte. Sörenstam hatte sich für das Colonial entschieden, weil dort weniger als bei den meisten anderen amerikanischen Turnieren die Länge der Abschläge entscheidend ist. Annika schlägt etwa so weit wie unser Bernhard. Zum Vergnügen der Männerwelt ist sie am Cut gescheitert. Ein Golf-Veteran namens Brian Kontak, der nur Siege bei unbedeutenden Turnieren vorzuweisen hat und sich nicht für die PGA-Tour qualifizieren konnte, wollte daraufhin bei den US-Open der Damen antreten, durfte aber nicht, weil die Satzung vorsieht, dass die Teilnehmerinnen von Geburt an weiblichen Geschlechts sein müssen.

Warum treten die Pros eigentlich nicht in gemischten Gruppen an, wie das für uns Amateure selbstverständlich ist? Die Länge des Schlags ist nicht alles, wie ich aus schmerzlicher Erfahrung weiß. Allerdings müssten die Frauen dann den Vorteil des Damenabschlags opfern, der beachtlich und bei meiner Gattin, wie ich meine, entscheidend ist. Und wie steht es mit der »Ehre«? Beim Spiel hat derjenige die »Ehre«, also den Vorrang beim Abschlag, der das vorige Loch mit der niedrigeren Schlagzahl absolviert hat. Das gilt jedoch nicht für die Damen, die immer erst nach den Männern drankommen. Was zunächst wie eine Bastion des Chauvinismus aussieht, hat seine Ursache darin, dass Frauen eben weiter vorne abschlagen und ein Hin und Her am Tee vermieden wird. Mit der Gleichbehandlung bei der »Ehre« wäre der letzte Schritt zur Emanzipation der Frauen auf dem Golfplatz erreicht, na vielleicht der vorletzte, denn viele renommierte britische Golfclubs verweigern ihnen auch heute noch den Zutritt ins Clubhaus. Ausgerechnet das älteste Golfturnier der Welt, die British Open, steht vor einer Revolution. Der Veranstalter im Jahre 2005, der 1754 gegründete Royal and Ancient Club von St. Andrews, der seit dem Ende des 19. Jahrhunderts den eigentlich einfachen Sport erfolgreich durch seine Regeln verkompliziert, soll erwägen, den seit 145 Jahren bestehenden Ausschluss von professionell spielenden Frauen aufzuheben. Ich wage an soviel Mut der ehrwürdigen Institution kaum zu glauben!

Clubhäuser sind meine Spezialität, sie ziehen meine Bälle magisch an. Ich schicke ihnen ein zaghaftes »Fore!« hinterher, wenn sie sich der Terrasse nähern. Einen Treffer landete ich in einem Vogelnest auf dem Dach. Aber mein Meisterstück habe ich auf Mauritius vollbracht. Aus der geöffneten Küchentür trat mir ein missgelaunter Koch entgegen, der zwischen spitzen Fingern meinen triefenden Ball hielt. Er war in die Suppe gefallen.

Die Regelwächter von St. Andrews schaffen es, dass Generationen von Golfern beim Unterricht sitzen, dessen Inhalt sie spätestens mit dem Erlangen der Platzreife wieder vergessen. Frauen haben oft das offizielle Regelbuch bei sich, das bei strittigen Fragen konsultiert wird. Männer sind bei der Auslegung großzügiger. Eine der einfachsten Regeln ist noch die, dass man seinen eigenen Ball spielen muss. In der Praxis kommt es aber gerade dabei oft zu Streitigkeiten. Mein Onkel Michael erklärte jeden Ball, den er zuerst fand, als den seinen, und mit Rücksicht darauf, dass er stramm auf die 90 zuging und Golf für ihn ein Sport für Frauen und Versehrte war, stimmten wir ihm zu. Ich ahme ihn nur im Rough nach, wo es erfahrungsgemäß eher unwahrscheinlich ist, dass ich meinen eigenen Ball finde.

Ein schönes Erlebnis hatte ich in Vittel, wo es nicht nur vorzügliches Wasser, sondern auch ordentliche Golfplätze gibt. Wir schlugen von einer Anhöhe auf ein unter uns liegendes Loch ab. Mein Mitspieler platzierte den Schuss direkt neben die Fahne, wo mein

Ball lag, brauche ich nicht näher zu erläutern. Beim Abstieg beschleunigte mein Partner plötzlich seinen Schritt und fing schließlich an zu laufen. Ich war erstaunt, denn diese Art der Fortbewegung ist beim Golfen eher ungewöhnlich, bis ich den Grund für die Eile erkannte. Eine Dame bewegte sich zielstrebig auf seinen Ball zu. Es kam zum Duell, erst verbal, dann mit gezücktem Eisen, bis wir der Frau verständlich machen konnten, dass es sich gar nicht um das Grün ihres Lochs handelte.

Mit der Frage, welche Fahne anzuspielen ist, habe auch ich so meine Probleme. Nicht nur, wenn der vorangehende Flight vergessen hat, die Fahne wieder in ihr Loch zu stellen, was mir in meinem Heimatclub in einer Runde 18 mal passiert ist. Sondern gerade in der Fremde komme ich vom rechten Weg ab. Da ich ein ungeduldiger Mensch bin und die Skizze des Platzes auf der Scorekarte nicht gern genau studiere, verlaufe ich mich dann und wann zwischen den Löchern. In Schottland stöhnte ich beim 15. Schlag, dass das Loch doch sehr lang für ein Par 4 sei, bis wir bemerkten, dass wir quer zur vorgeschriebenen Bahn spielten. Auf demselben Platz fragte uns ein Golfer, der uns entgegenkam, was bei diesem Sport nicht ganz ohne Risiko ist, wo wir das 17. Loch gelassen hätten. Deswegen kommt es immer wieder zu Auseinandersetzungen mit meiner Frau, die auf fremden Plätzen zunächst gründlich die Scorekarte studieren will, während ich einfach drauf los spiele. Eine Haltung, für die Iren viel Verständnis haben.

Ziel aller deutschen Golfer ist es, ein möglichst niedriges Handicap zu erlangen, was mein englischer Freund Nick nie verstanden hat. Denn je höher das Handicap, umso größer ist die Chance, etwas zu gewinnen. Um das Handicap zu verringern, muss man unter seiner eigenen Vorgabe bleiben. Das bedeutet für einen Spieler mit Handicap 36, bei dem der Mensch erst anfängt, auf einem Platz mit 72er Standard, dass er weniger als 108 Schläge machen muss. Ein wichtiger Schritt dazu ist es, Birdies zu spielen, also einen Schlag unter der Lochvorgabe zu bleiben. Was für die Pros selbstverständlich ist, die bei jedem gespielten Par die Augen verdrehen, ist für Amateure Gegenstand des Entzückens. Natürlich hat meine Frau das erste Birdie vor mir gespielt, auf Sardinien, allerdings von mir unbemerkt, weil ich gerade tief in der Macchia nach meinem Ball suchte. Inzwischen kann ich es auch, manchmal. Diese kurzen Glücksmomente stehen in keinem Verhältnis zu den Stunden der Frustration, wenn kein Schlag mehr funktioniert, wenn das Wasser, das man sonst immer sicher überquert, zum unüberwindlichen Hindernis wird. Meiner Frau ist es unmöglich, größere Nassflächen zu überwinden. Die Serie ihrer Wasserschläge war für mich Anlass zu großer Heiterkeit. Jetzt hat sie mich mit einem Trick überrascht: Sie schlägt den Ball flach, der dann wie ein hüpfender Kieselstein an der Oberfläche aufsetzt, um so das rettende Ufer zu erreichen. Ich habe das beim ersten Mal für pures Glück gehalten, aber sie hat den Schlag zur Routine entwickelt.

Im Grunde ist Golf kein Sport für mich. Ich brauche einen Gegner, der jemand anderes ist als ich selbst. Schwierigkeiten überwinde ich mit dem Einsatz von Kraft, was beim Golfen nicht immer das probate Mittel ist. Im Gegensatz zu den meisten Golfspielern habe ich das Tennis nicht aufgegeben, es macht mir immer noch mehr Spaß. Und meine Knie halten auch noch durch. Erst dank der Hilfe der Jungfrau von Lourdes, obwohl ich als Protestant nicht an sie glaube. Bei meinem zweiten Besuch hat sie mir allerdings das Wunder versagt, obwohl ich mehr Wasser getrunken habe. Dafür hat mich meine Tochter Liv, eine Tierärztin, gerettet, indem sie mir das gleiche Mittel wie ihrem Hund gibt: einen Extrakt aus Grünlippmuscheln, der schmeckt, als ob man in die Reste des Fischmarktes von gestern beißt. Aber laufen kann ich wie eine Eins.

8.

Endspiel

Mich juckt es in den Fingern herauszufinden, warum Sportler wie Politiker nicht in der Lage sind, rechtzeitig zurückzutreten. Franziska van Almsick hat den Zeitpunkt nach dem Gewinn der Europameisterschaft genauso verpasst wie ihr Ex-Lebensgefährte Stefan Kretschmar. Auch Katharina Witt blieb ein wenig zu lange auf dem Eis, doch ist die Erinnerung an ihre Kurven verklärt, weil ihre Nachfolgerinnen in Deutschland so schlecht sind. Heike Drechsler hat ein Einsehen gehabt und ist zur Olympiade in Athen nicht mehr angetreten. Vielleicht hätte Michael Schumacher nach der Rekordzahl von sieben Weltmeisterschaften einem Jüngeren Platz machen sollen, zumal die Saison 2004 wieder einmal stinklangweilig war, weil er zu überlegen fuhr. Das Jahr zuvor hatte verheißungsvoll begonnen. Eine Veranstaltung wie das Chaosrennen von Sao Paulo, wo die Strecke zum Schrottplatz wurde und der Ausgang des Rennens mit einer Geschwindigkeit ermittelt wurde, die den vorletzten amerikanischen Präsidentschaftswahlen Konkurrenz machte, entschädigte für den ganzen Trübsinn der Formel 1. Doch am Ende stand Schumi wie gewohnt ganz oben auf dem Treppchen. Eines Tages werden wir uns an ihn mit Wehmut erinnern, so wie die Österreicher an Jochen Rindt oder die Brasilianer an Ayrton Senna. Doch im Moment steht dem Mythos im Wege, dass er noch unter den Lebenden weilt und wir seine Siege mit dem Achselzucken des Selbstverständlichen abtun.

Reiten, das in meiner Heimat eine große Rolle spielt,

ist zu kurz gekommen, obwohl auch ich eine Zeit lang vergeblich mein Glück auf dem Rücken der Pferde gesucht habe. Das Schöne am Reitsport ist, dass es in den Vereinen immer eine Reihe von willigen Mädchen im Teenageralter gibt, die sich darum reißen, die lästigen Arbeiten wie das Putzen der Tiere und die Reinigung ihrer Ställe zu übernehmen. Andererseits war meinen Kommunikationsversuchen mit den Zossen aufgrund ihrer beschränkten Auffassungsgabe immer nur ein bescheidener Erfolg vergönnt. Meine reiterliche Karriere endete, als ich vor den Augen einer überfüllten Hotelterrasse in Ecuador meinen unwillig schnaubenden Hengst den zugegeben etwas steilen Hang zwar hinauf, aber nicht wieder herunter brachte. Er blieb einfach stehen und reagierte auf meine Hilfen nicht. Unter dem Gewieher des Publikums stieg ich ab und habe seither nie wieder ein Bein über einen Pferderücken geschwungen. Pferderennen habe ich ganz ausgespart, trotz Auteuil, Longchamps und Vincennes und vermutlich wegen des Grand National in Aintree, das Jahr für Jahr für die berüchtigtsten Stürze sorgt. Auch die Ruderer kommen schlecht weg, obwohl ich ein Fan dieses Sports bin, seitdem ich auf dem Maschsee frierend in ein Boot stieg, jedenfalls solange der Chef des Schülerrudervereins auch mein Klassenlehrer war. Dabei sind allein die Duelle von Cambridge und Oxford, die seit 1829 im Achter auf der Themse ausgetragen werden, mindestens ein Buch wert. 2003 siegte Oxford mit einer Handbreite, die knappste Entscheidung aller Zeiten. 1877 gab es zwar ein totes Rennen, aber nur, weil der Schiedsrichter betrunken war.

So vieles könnte ich noch erzählen, aber ich ertappe mich dabei, dass ich mich mit meiner Geschwätzigkeit vor der Antwort auf die einzige Frage drücken will, die Sie wirklich interessiert: Was ist es, das mich und

Millionen andere Männer so sehr am Sport im Fernsehen fasziniert, dass wir darüber Ehefrau, Kinder, Arbeit und die nächste warme Mahlzeit vergessen? Manchmal denke ich, es ist die Freiheit, die der in Beruf und Familie eingezwängte Mensch in der Glotze zu finden glaubt. Aber mitten in der Nacht aufzustehen, um ein Tennismatch oder ein Autorennen zu sehen, hat durchaus auch etwas Zwanghaftes. Die reine Unterhaltung kann es nicht sein, die uns Spiele zu Ende verfolgen lässt, bei denen wir uns von der ersten Minute an langweilen. Suchen wir wie Hamlet von des Gedankens Blässe angekränkelt die befreiende Tat? Doch ich mache mir nicht viel aus Actionfilmen, und sehr viel Handlung wird einem beim Schießen, Curling, Dressurreiten und bei mancher Bundesligabegegnung auch nicht geboten.

Ich glaube, wir finden im Sport einfach die Fortsetzung der Märchen aus der Kinderzeit, in denen das Gute gegen das Böse kämpft. Im Alltag ist es oft unmöglich festzulegen, wer ein Schurke und wer ein Held ist. Wir haben Mitleid mit unserem intriganten Kollegen, der aus Angst um seinen Job das Versagen, das er bei sich vermutet, auf andere projiziert. Der niederträchtige Chef, der uns herumkommandiert und ungerecht behandelt, ist außerhalb des Büros vielleicht ein hilfsbereiter Kumpel. Wir wählen Politiker nicht, weil sie uns überzeugen, sondern weil wir sie für das kleinere Übel halten. Der Krieg gegen den Verbrecher Saddam Hussein, der Hunderttausende auf dem Gewissen hat, wurde von einem Mann angeführt, dessen missionarischer Eifer pathologisch wirkt, dem die Meinung der Weltöffentlichkeit schnuppe ist, der UNO und NATO sprengt, wenn das in seinem Interesse zu liegen scheint, für den Verträge und Regeln nur Papiere sind, der die Lüge für ein le-

gitimes Mittel der Politik hält und der Hunderte von
zivilen Opfern in Kauf nahm. Der deutsche Bundes-
kanzler positionierte sich als Apostel des Friedens zunächst, um die Wahl zu gewinnen, dann, weil Bush
ihm nicht zu seinem Sieg gratulierte. Es ist schwierig
geworden, Partei zu ergreifen, sich mit einer Sache
oder Person zu identifizieren. Nur der Sport gibt uns,
die wir uns im täglichen Leben zwischen schwer zu
unterscheidenden Grautönen zurechtfinden müssen,
die Klarheit des Schwarz und Weiß. Menschen und
Mannschaften werden zu unseren Favoriten, entweder aufgrund ihrer Herkunft, so wie ich vermutlich
aus geistiger Apathie Landsleute und unter ihnen
Hannoveraner bevorzuge, oder wir entscheiden frei,
auf wessen Seite wir stehen oder gegen wen wir sind.
So ist meiner Frau jeder Gewinner eines Formel-1-
Rennens recht, der nicht Michael Schumacher heißt.
Im Tennis war sie auf der Seite der Spielerinnen, denen sie zutraute, Martina Hingis zu schlagen, wobei
ihre Heldinnen Jana Novotna und Lindsay Daven-
port waren, was mir schon aus optischen Gründen
bis heute nicht nachvollziehbar ist. Aber gleichgültig,
nach welchen Kriterien unsere Entscheidung fällt, sie
ist eindeutig und teilt die Welt in Gute und Böse. Wir
können frei von Zweifeln lieben und hassen, ohne
Gewissensbisse, Hintergedanken und Reue. Das gibt
uns die Kraft, momentane Rückschläge zu verkraf-
ten, die natürlich nicht ausbleiben. Schwächelt unser
Idol, macht es seine Verletzbarkeit nur menschlicher
und damit liebenswerter. Selbst die sonst so mäch-
tige »Bild«-Zeitung schafft es nicht, Oliver Kahn von
seinem Podest zu stoßen. Auch wenn jeder erkennt,
dass die Prinzessin, die Olli zu küssen glaubt, eine
Kröte ist, schert das die Fans nicht, solange er sein
Tor sauber hält. Auch auf der Bühne darf der Held

Fehler zeigen, wenn nur seine Einstellung stimmt. Vitali Klitschko hat sich von einem 37-jährigen Nobody nach 200 Sekunden wegpusten lassen, ohne dass es ihm die Zuschauer verübelten, die viel Geld für den Kampf in Hannover bezahlt hatten. »Mund abputzen und weitermachen!« diese Devise Kahns gilt für alle. Der Drachentöter kann sein Pferd verlieren, solange er die Prinzessin nicht in Gefahr bringt. Erst wenn die Protagonisten das Happy End vermasseln, schreiten wir ein. Denn wir sind in unserer Enttäuschung nicht wehrlos. Wir können sie wegschalten, eliminieren, sie durch geeignetere Objekte unserer Zuneigung ersetzen. Wie oft haben wir uns diese Chance schon in der Familie und bei unseren Freunden gewünscht!

Gleichzeit ermöglicht uns das Medium Fernsehen eine Omnipräsenz, wie sie die Menschheit zuvor nicht gekannt hat. Der gewiefte Zapper kann gleichzeitig Jutta Kleinschmidt in der Sahara, Dirk Nowitzki mit den Dallas Mavericks und die Kölner Haie verfolgen. Wir erleben das Renn- und Spielgeschehen hautnaher als irgendein Zuschauer vor Ort. Wir teilen in Sekundenabstand Triumph und Leid von Menschen, die uns vertraut sind wie unser Ehegatte, uns aber oft näher stehen. Die Gesichtszüge eines Radrennfahrers sind ganzen Nationen bekannter als die ihres Staatsoberhauptes. Man könnte meinen, dass dieser Exzess an Intimität zum Überdruss führt und bei dem Zuschauer den Wunsch nach der Distanz weckt, die früher vorhanden war. Das Gegenteil ist der Fall. Das Eindringen in so viele Identitäten macht süchtig. Ich will in Jürgen Kohlers Gesicht lesen, was er fühlt, wenn er zum ersten und zum letzten Mal bei Leverkusen als Sportdirektor auf der Bank sitzt. Und wie geht es Toppmöller, nachdem er auch beim HSV gescheitert ist? Ist Lienen wirklich so sauertöpfisch, wie er am Spielfeldrand wirkt? Mein Freund Andreas, der in Köln bei »Zweitausendeins« Bücher verkauft und Lienen dort kennen gelernt hat, findet ihn ganz vernünftig, obwohl Ewald alle Jecken gegen sich hatte. In Hannover hat er im Gegensatz zu seinem Vorgänger jedenfalls keinen Zoff mit dem Präsidenten. Doch die Medien mögen ihn nicht, vermutlich weil er nicht der Mann der großen Show ist. Als er mit 96 Erfolg hatte, gab er sich lockerer, aber man spürte das Misstrauen unter der jovialen Oberfläche. Da verkauft sich der Fußball-Professor Rangnick besser, unter dem bei Schalke sogar Asamoah, dem die Hannoveraner wie seinem Trainer noch immer nachtrauern, das Toreschießen wieder erlernt hat.

Die Tränen eines sächsischen Boxers namens Bayer rühren mich, auch wenn ich vorher von ihm nichts gehört habe und auch nicht weiß, welchen der vielen Weltmeisterschaftstitel er gewonnen hat. Franziska van Almsick, Jiri Stainer oder Effenberg können die Pfunde, die sie zu viel haben, nicht vor mir verstecken, auch wenn sie wie Stefan nach Quatar flüchten.

Meine Frau stichelt, dass ich dieses Buch nur schreibe, um einen Grund zu haben, noch mehr Zeit vor dem Fernseher zu verbringen. Aber ich brauche keinen Vorwand, weil ich eines weiß und dieses Wissen mit Millionen Männern teile, wenn auch nicht mit ihr: Die Welt um uns herum ist blass und konturenlos, das wirkliche Leben findet längst auf der Mattscheibe statt, und am meisten davon gibt es in der »Sportschau«.